続中川佐和子歌集

現代短歌文庫

砂子屋書房

続　中川佐和子歌集☆目次

『春の野に鏡を置けば』（全篇）

Ⅰ

III

解説

中川佐和子略年譜

続　中川佐和子歌集

歌集　春の野に鏡を置けば

（全篇）

I

机から机へ

この椅子を船着場としているわれに文字の込み合う紙押し寄せる

花散らす雨へ出て行く昼さがり鞄に紙を一枚沈めて

机から机へ向かう春の日の南武線にて眠りてゆくも

電話載る机の前にもうもうと桜吹雪を抜けし身を置く

雑草(あらくさ)が机に生えることあらば水注がんとわれは思うに

雨あがり羞(やさ)しいひかり電線の鴉が長く鳴く下をゆく

晨風(しんぷう)のなかへ自転車漕ぎ出(い)だし樹々のみどりの素語りを聞く

降り過ぎし目白の街の畳部屋歌の時間を分ち合いたり

小恙(しょうよう)を持つ身を並べ春御膳　妹気質を少し隠して

乗合わすエレベーターに可愛くて表情のなき日本の乙女

サキソフォンの音

中原中也、富永太郎綯い交ぜのはげしき想いを羨望したり

身体を思い出せよというごとく中也のコートが吊り下がりおり

灰色の雨を呼び込む低き空　太郎の「恥の歌」に惹かれる

死の際に中也を拒みし絶筆の「タヾサンヘナイシヨ」の「ナイシヨ」のかなし

どことなく青葉の曇り日ゆきゆきて富永太郎の臨終の写真

谷戸坂を上りきったら見えてくる涙ぐましい海の藍色

大空襲かつてはありし関内の流れの中にくろぐろといる

この世からうすく離れてランニングマシーンに乗りぬ棚曇る午後

日本橋のエスカレーター長長し残党のごと急(せ)きつつ昇る

ひさびさに寮から戻りてくる息子見覚えのある耳たぶをして

急階段のぼりて今日は「エアジン」のジャズの音(ね)を聴く雨の気配に

「エアジン」の壁ぎわの席もろもろを連れて来たりぬサキソフォンの音は

裸婦の絵

脱ぎしときのこころとこころをいま思う　戦地へ征(ゆ)きし画学生と妻

左の乳房大きく描(か)きしリアルさが切なし佐久間修の裸婦の絵

子を産みてのちに死するとは思えざる生命(いのち)の妻を萬平描きぬ

ただ一枚あらん限りの裸婦の絵を遺しぬ日本の戦争の死に

母の手の陶像遺しし千葉四郎、断ち切られたる時間が重し

無言館展示作品　戦争の死に取り囲まれただに突っ立つ

ビニールの傘をさしてはまた提(さ)げて上田の旅の白昼寒し

ぼんやりと影を重ねる青ぶどう雨に泥濘(ぬかる)む道の辺に見つ

午前四時かすかに空の明るめば闇より黒き山のあらわる

蓮の葉の上にて待つごととどまれる青糸蜻蛉さみしくないか

雲多き塩田平の夏に濃き太郎山まで遮るものなく

龍光寺なかば濁った池に棲む金魚と鯉は身を擦り合いぬ

黒門をくぐりて石段のぼりゆきあけびの葉っぱ数枚仕舞う

〈そんなもの〉言いつつビールを口にする旅の笑いの渦の深くて

鍵屋へ

もろもろをツーロックにして安らえり百日紅のすとんと咲いて

玄関の木製ドアへ体当たり母が出てくる雨中に訪えば

いつの日か直しましょうね空一枚ほどけるようにまた母の言う

玄関のドアがとうとう開かなくて抱卵するごと独り居の母

はじめての鍵屋へメール打てば来て懇ろに母の木の扉(ドア)直す

小さくて細身の母の呪文なり〈考えるのは明日にしましょ〉

大木の百日紅咲き何事もなく八月が母に終わりぬ

蟬の声虫の音まじる曇り日の百日紅は花を晒せり

裏山にひっそり垂れていたるのはりんご椿の実の生る力

無患子（むくろじ）の暗くなりゆく葉の緑ひとかたまりにだらんと大きい

毒のなく腐りやすい水沸かしおりとりあえず朝のたましいのため

サックスの出だしの音の羞しさに寂しさ少し先送りにする

汚れたる階段あがって右の奥ジャズ音楽の化石があった

木の卓の古い具合の心地よく三人掛けがなんだか似合う

「jhonjhon（ジョンジョン）」に腰落ち着けるまで長く伊勢佐木町を連れ立ちてゆく

これからの不安ますます上の子の眼鏡のままの朝の洗顔

おやじギャグを二十歳過ぎたる子が言いてどこかかなしく誰にも言わず

蚯蚓鳴く赤彦の歌を思い出す蟬鳴き虫鳴く季の過ぎゆきて

長傘をテニスバッグにさしこんで背負う娘の後から歩む

弱冷房車両に似通う心地よさ優しいメールを重ね合わせる

電子辞書入りの茶色のバッグさげ黒の鞄と駅で落ち合う

眼下には西新宿の夜景見え弟橘媛を思い出（い）だせり

ドアノブが捥げたと言えばどうだろう夏昼下がり返すメールに

薄給の子からの異国の口紅をお守りとするわが誕生日

新藁の匂いの本を探しおりストリートソング流行る関内

香り立つ〈十四代〉よ元町は月射す冬の入り口である

高熱の子のメール来て独身寮どこにあるかを知らぬに気づく

独身寮を離れて待てと宣った熱の息子を車に拾う

踏み台を踏んでは降りる繰り返し置いてきぼりになったのはだれ

競輪選手

ぺろんぺろん証明写真四ピースわたしの顔を手のひらに受く

手にバッグ持ちてバッグを捜しいる出勤前の娘に驚く

〈くじら屋〉に寄ってはみたが語るには疲れて箸の四本動く

麻黄附子細辛湯（マオウブシサイシントウ）また桂枝湯（ケイシトウ）飲み干し朝の心いぶかし

桔梗湯（キキョウトウ）と子の言うときに霧迫る広き野なかを思い巡らす

間違えて競輪選手になれるかも二月の並木通りを駆ける

柳　行李

核家族の核は謎なり爆発をせぬ水それぞれ家族に持たす

無差別は格闘技でなく殺傷の島国に藤の花房垂るる

死ぬときに握っていたたい手があるかダガーナイフの閃く日本

関心のなさを装う電車内いつから怖くなったのだろう

脇腹を突かれて退けば青年が通勤電車に新聞広げる

今日もまた人身事故のアナウンス耳の言葉はざわざわとなる

朝の混む東京駅のコンコース無言のままに身を躱しゆく

帰り来て街なかの空気脱がぬまま留守番電話の声拾い出す

核家族の息子は青い作業服　電機工場に働きだして

若かりし父を思えばまんまるの黒縁眼鏡でこの世見ていき

飯盒を柳行李（やなぎごうり）にしまいたる帰還後の父おりおり思（も）うよ

「兵隊に征（い）ってたときに」の「兵隊」の口調の哀しわが父のこと

和歌山に働きはじめの甥がいて営業鞄に体傾（かし）ぐか

隙間より「蘭亭序」を見し一身のよろこびだって、折り畳みゆく

たのしさの湧く身のままに夕さりのぼんぼり祭の人波のなか

蟬の声降る化粧坂（けわいざか）切通し　木の過ぎてゆく時間が濃くて

わが坐る前に現れし海色の爪が駅ごとに奥へ流さる

町なかを朝な夕なに自転車は避（よ）けろ避けろと群がり走る

まだ息子の顔してうなぎパイをさげ月を背中に家に帰り来

富士山を遥かに

亡き父のライティングデスク抉（こ）じ開ける階下の音に母は目覚めぬ

階段にへたり込む母をライトにて外（と）つ国の盗びと照らして去れり

「とんがって大きく魔法使いのよう」　母は盗びとの靴跡を言う

盗びとに今日は刺されず独り居を続ける昭和一桁の母

富士山を遥かに眺め住む家の母は折りふし水明りする

小柄なる傘寿であればことことことショッピングカーに卵を運ぶ

「迷惑のかからぬように」と言う母をどっと包めり坂の夕焼け

戦争の喰いこむ昭和に生まれしが母がもう一度生きたい昭和

迷惑はかけっぱなしでいいからね母であること捨てきれぬ母よ

さみどりの美(くわ)しき弧をなす百合の茎細き雨降り脱力してゆく

開幕より北京五輪を独り観る母の好奇心われを圧倒す

船乗りの娘とみずからを言うときに何かが母を支えていたり

ゆく雲は貝より河豚へかわりゆきそのあたりにて文庫本出す

閉まる際の電車のドアを平然と手に抉(こ)じあけて女(ひと)が乗りこむ

どの人かイヤホーンからロック洩れ朝の電車が冷やかになる

根岸線郊外の町コンビニが星のごとくにみっつほど消ゆ

点滴の落ちてゆくのを感じつつ煙のような刻に漂う

腕に管繋がているしばらくは芙蓉一樹の影かたく見ゆ

夕光(ゆうかげ)をうっとり吸いこみ咲いている百日紅かも輪郭なくす

稲の黄

最上川を舟にて下り尻滝を見る日よ秋の緑に浸る

曇り日にどったり流るる最上川うねりは人のたのしさを呼ぶ

うす濁りしながら流れ大小の魚(うお)を生かしむここ最上川

桐の実の緑のいまだ堅しなど口々に言う上山にて

傘さげて茂吉の生家に辿り着き物言わぬまま前を行き来す

晩年の茂吉のバケツ展示され鳴り出しそうだもし手にとれば

稲の黄を右に左に見て過ぐるバスの小さな揺れを味わう

三吉山見るよろこびを分ち合う稲架(はさ)にかけたる黄の美(は)しき頃

龍の髭ふさふさ生える宝泉寺緑の色は意外に冷たし

重なりて猿梨実る　歩をゆるめ大石田の坂のぼりてゆけば

トノサマバッタ

酸素バーよく行くと言う見目のよき美容師に夕べ髪を切られる

電車内トノサマバッタの跳ねていてほのぼのとなる立冬のこころ

車中にてわたしの手帖にとまりたり頭でっかちトノサマバッタ

駅前に帰りを待てる自転車に声をかけつつ群れより出(い)だす

塾帰りの少女が金星指差すにつられて仰ぐ信号待つ間

念校は人生のためあるのだろう想い出ひろがる冬の草はら

駅の壁そのひとところじんわりと訳のわからぬ水滲みおり

何回か書き損じして一枚を仕上げて夜気もポストに運ぶ

ほのかなるラメの光を目にとめて手提げ袋に白菊を載す

真っ白の献花のときに思い出す「女人短歌」に学びし祖母を

生きる身は犇めき合って出棺を待てり白梅ひらく真昼間

次世代携帯電話

ああいやだ四角い豆腐が言っている湯のなか肩を震わせながら

失業者三百万余の世の躑躅かなしい気力に紫を噴く

一日を働くために横なぐりの雨へ出てゆく幹だけの桜

エアコンの効かない車のなかにいる感じだ今の電話の会話

やつにそう伝えてくれと携帯（ケータイ）に言う声隣の車両から来る

マスクする人らばかりに囲まれてまどろむ朝の横須賀線に

麗しき〈次世代携帯電話（じせだいけいたいでんわ）〉取りいだすこのおとめごの次世代は何

パソコンのキー打ちまくる男乗せ春の電車は荒川わたる

打ち合わせ延期のメールが隣席の朝寝髪なる男より発つ

電車でもファイルをひらく男どち瑞穂（みずほ）の国の朝の時間に

幸いのあるごと同じ流れなり振替乗車票を握って

ひとがひとに挨拶するを仕事場の窓越しに見ぬ紙触りつつ

ドアごとに暗証番号要る職場見事にぎっしり机が並ぶ

窓際に椅子を寄せあいミーティング聞かれもしないことなど言って

書袋（ふみぶくろ）さげて歩める昼どきに桜の幹の濡れ通りおり

温暖化その果て大きな飛行船行き交うらしも未来図の空

体温のあがる心地すいっせいにプラットホームを走る花びら

夜の道に青年の顔が白く浮く携帯電話に照らし出されて

真っ赤なるカラーコーンが駐車場きれいに並べば爆発恐る

野菜工場

閉鎖的空間に育ったものを食べコントロールをされゆく五体

透きとおる青い光に育ちゆく野菜を愛でる世が訪れる

人体に正しい野菜を作りだす野菜工場よろこぶべきか

人間が土から離れて工場の野菜のごとくなるに怯える

数本の管に繫がれ生終えし父を思えば明日(あした)はわれら

少子化のゆえに滅ぶもこの国の運命と空に立葵咲く

割箸が家にだんだん増えてゆく邪魔にならないはずの割り箸

幾枚かカードを出し入れして暮らし日々番号に統べられている

みどりごのあやしいあたまを背に見せて公園のなか自転車漕ぐひと

一音ずつ聴く

谷戸坂をどんどんのぼり辿り着く高浜虚子の端正な声

敗戦後録音したる季の美(は)しき虚子の朗読一音ずつ聴く

日本の四季の凄さを敗戦後の虚子の調べのなかに聴きおり

子規描(か)きし「草花帖」の絵のなかの赤の違いは心を映す

振り返ることすら強さの要る齢(よわい)四十の日子(にっし)は子規にはあらず

道なりの先は薔薇園交わしあう言葉のなかに洋燈(ランプ)をともす

眠りにも違う体力要るらしい電車とバスと車の席に

開きたる杏は枝にへばりつき真昼の光に白を放てり

ぺっこんぺっこん缶鳴らしつつ街中をズボン引き摺る若者のゆく

咲くあいだ腐臭を放つ蒟蒻の巨大な紫紺の花に出くわす

回送に表示のかわる終バスを親しみこめてしばしば眺む

羽煙(はけぶり)の遠くにたちてやってくる人らは夕べ憩わんとして

鬼の築きし石段

大いなる緑のなかに紛れたし飛ぶは豊後の嘴太鴉

雨粒の大きいこれが九州の雨かフロントガラスをたたく

目に見える血の池地獄その面を蜻蛉の飛べり落ちてゆくまで

豊後なる東椎屋(ひがししいや)の滝の前見おればやがて滝が笑えり

夏の樹の実の垂れておりこれよりは夜の時間の滝のつめたさ

雨のあと鬼の築きし石段を登ればほのと熊野磨崖仏

半世紀過ぎたる別府タワーなり会いたくて来た気がしてならず

竈の神に

継ぎ足してくるる冷たい水を飲み静かな刻は咲くことがある

なぜならば暑くて坂上郎女とわれは沈みぬ黒きソファーへ

おおどかな花梨の青き実のさがる下鴨神社晩夏の真昼

神様の厨と呼べる場所に在る朱の高坏のまろさ愛(かな)しも

大炊殿（おおいどの）の御餅を見れば重ね合う白はいのちにそのまま響く

小窓から線条（せんじょう）の光射すなかに竈（かまど）の神に諸手を合わす

暗がりの枝に鴉をとまらしめ糺（ただす）の森の見事な時間

夏の日の京都御苑の砂利鳴らし全力でゆく自転車が見ゆ

大木の百日紅は咲き重り地に擦れながらひと色に揺る

夜の面（おも）のぬっと光れる桂川なんの焔（ほむら）か人を動かす

樹のごとく成長遂げる思想をば鶴見俊輔信じると言いき

とろとろの真夏の夜に出会いたる化野（あだしの）の火の繊（ほそ）くて怖し

出張の下りの夫と京都より上りのわれの〈ひかり〉と〈ひかり〉

携帯電話(ケータイ)のメールに届くさようなら〈ひかり〉同士にすれ違うとき

火産霊神(ほむすびのかみ)に惹かれぬ八月の〈ひかり〉の席に身を置きながら

松林抜けて

朝蜘蛛はジャンプしながら台風の去りし光の畳走れり

やけっぱちの朝蜘蛛なるか急(せ)くように畳の目にも逆らいてゆく

雲の峰見たくて〈ひかり〉を買い求め素服(そふく)数枚小さくたたむ

蟬の声遥かに聞こえさんざめく芙蓉に朝の時間はじまる

日盛りのポートランドを去らんとし遡風の中のベンチに座しぬ

芦屋駅着きてざくざく松林抜けて露わな海の辺に来つ

芦屋川の緑の河原よろこべばわれの中なる父あらわれる

遊覧船

平らかな松島湾のうみねこの海面に浮かぶもはげしい力

島の松、形それぞれ異なりて船窓越しのよろこびにいる

松島の波を翔びたつ海猫につきてゆきたし秋の真んなか

海猫が策士のような貌をして飛ぶを見ており遊覧船に

洞門の四つのあわれ鐘島は海面よりその姿を見せる

雲の飛ぶ秋の仙台文学館　生原稿に目を近づける

さみどりのひったり重なる楸(きささげ)の果実の美(は)しき下に寄るなり

円福寺の中国銭の形よく古き世にありし銭のうるわし

守　宮

秋の朝硝子に頑張り貼りついた片意地な守宮(やもり)嫌いにあらず

獅子唐をほどよく茹でる、ほどよくはあるとき人の心を刺せり

ちーと鳴くめじろが枇杷の枝に飛び地味な黄色の花を揺らせり

五十円切手の鳥のめじろかと傘をずらして姿を捜す

黄より茶へ移れる枇杷の花にして夕べの光集まりやすし

卓上に中国歴史小説を一冊置きて冬あたたかし

ラ・フランスの滑らかな線に沿うごとき言葉を交わす夜のはじめに

地球儀

初春に赤いポストのごとくなり羞しい手紙呑みて佇(た)ちたし

ゆっくりと日本鹿にも生息の北上起こり成り行きのまま

商店街シャッターがまたひとつ閉じ老いてゆく国に笑いが流行る

駅前の街路樹の雀去らしめて難民とせり冬の電飾

いちはやく地球儀の緑暗くなるゆうぐれがきた本積む部屋に

白鳥は負の曲線をえがきつつ岸の辺に寄る夜の時間に

夜の森を映す水面は動かざる白鳥浮かべ黒の膨らむ

一皿に添えるラディィシュその赤の面倒くさくて冬の手紙も

辻冠者でもあるまいし駅裏に黒ずくめなる独りの男

アホウドリの鳥柱見し夢のなか白がぐんぐん大きくなって

音声辞書

冬の葱白く畑に並び立ち闇持つものを見て過ぐるなり

眉ひきてのちの朝戸出（あさとで）　水鳥のはばたく詩歌を腕に挟んで

さみしさは意外に近くあるのだとビニール傘の濡れた柄が言う

吊革の隣に兎の襟巻きのおとなしげなるさまに揺れおり

軍用に兎の毛皮要（い）りし日を思いぬ次の駅に着くまで

〈物言わぬ兵士〉にされし馬ありき誰もだれもが必死に生きて

新しい音声辞書の〈ありがとう〉世界各国の言葉に聞きぬ

II

春の野に鏡を置けば

春の野に鏡を置けば古き代の馬の脚など映りておらん

電車待つときに無が来る　降りかかる桜の花の中にいたれば

自転車に走る男が朝にいて循環バスは大曲がりする

働けど貧しい瑞穂の国になり優先席の若き爆睡

調剤に荒るる子の手か弾けるがごとくに笑い荷を持ちくれる

むきむきに連翹の咲く昼下がり深仕舞(ふかじま)いせし写真取り出す

発行所いでて開けばビニールの傘は春先の雨に息づく

原っぱの湿る緑のクローバわれの記憶の始めにありぬ

大樹なる桜の向こうの野球場少年の声は真っ直ぐに来る

散り頻る花はさらなる闇を呼ぶごとくに覆う野の水溜まり

翻る緑の朝にためらわず娘(こ)は自転車のわれを追い越す

受付のカウンターより後退り娘はしたり薬局訪えば

そう言えば小さな魔女の手つきかも薬と薬まぜ合わせるは

半錠に娘が割りてくれたるを鞄に入れる護符なんだって

ひょろひょろと薔薇咲く家にｉＰｏｄ（アイポッド）聴きつつ家族それぞれ帰る

マロニエの樹

近づけばほのと明るむ電燈のごとき母居り躑躅咲く家

こんもりと紅き躑躅のひらく家　躑躅になるまで母は生きんか

天花粉を首にはたいて母は待つはげしい躑躅の緑なかに

草を抜く力を惜しみ物さげる力のなくて母の独り居

犬の笑む絵柄の給食袋にも西日が刺さる息子の居し部屋

絵の具やらウルトラマンや弓や本、家族というは錯覚めいて

揚州に大きな鞄引き摺りて黄砂のなかを鼻炎の息子

母よ母軽量傘を傾けてマロニエの樹の下を歩むも

祭日の小町通りのそこかしこ声の混じりぬ夕間暮れまで

連れ立つという喜びを人は持つ祭日のこの小町通りも

音ひとつなき昼過ぎの宝戒寺萩の古木の緑の眩し

寝る前に刃物の湿り拭いとり百の言葉をこころに生やす

ボクシングジムの窓より洗い物ぶらさがれるを行き来に眺む

夏の土掘る音始終聞こえきてさあ働けとわれを促す

幸いはうすうすとして昼日中プラットホームの夏鳩に会う

取り壊すつもりのわが家真っ黒な大きな傘を忘れたようだ

歳月の火影(ほかげ)に見えてくる鳥よ一羽ずつその空負いながら

「源実朝を偲ぶ仲秋の名月伊豆山歌会」

夜の樹に光のささん白き月このよろこびの力を見たし

郡上おどり

掛け声の勢いづける輪の中のやっちくやっちくなべて忘れよ

春駒の跳ねてかざしてたのしさの郡上おどりに終わりのあらず

へぼを食べ郡上おどりに身を浸し人であることしばらく忘る

白山と向き合うときのはずかしさ帰る間際に振りかえり見れば

意外にも速き流れの長良川二本の竿のあれど人居ず

帆を展く

越してきてどこもこの世の仮住まい壁の冷たき部屋に寝起きす

仮に住む家といえどもまず本を移してようやく家と思えり

高く積む本の通路ができあがり夫は体を窄(すぼ)めて通る

ダンボールの湖(うみ)のようなる家のなか歌会を告げる電話をとりぬ

どこの子かマンションの通路どんと蹴り壁一枚のわれ脅(おびや)かす

階上の三人家族掻き消えてマンションの洞のごとき空室

雑踏を逃れて分け合う〈バッカスの涙〉は何の入り口だろう

暁の竹群いまだほの暗く蠢きおれば穏やかならず

丘の草刈り払われて太き根の樫と朝ごと挨拶交わす

吹かれては風の形を見せている竹群に鳥ためらわず入(い)る

街灯に照らされ公孫樹の一本はもう一本のさみしさを呼ぶ

傾くがゆえに強しと日本丸マストも人の心というのも

帆は展（ひら）くよりも弛める難しさ日本丸の甲板（デッキ）にて聞く

外洋の船首にひとり立ちていし船乗り、かつての祖父かもしれない

麗しき朝のひととき帆を展くこの繰り返しが人にもあれよ

鏡台の隅まで光る秋の日に大桟橋の船を見にゆく

指先に修正液をつけたまま七人掛けの端に身を寄す

父の墓に長く屈みて頼み事しているようだ母らしいなあ

寝不足のわれを案じる母の声鱗を持てるごとく潤う

とりあえず避けたい人が浮かびくる黒タンタン麺すすりておれば

すっぽんの店にて職場の会ありし子がときに言うすっぽんの指

友の口よりはみ出したすっぽんの指の恐さを娘が話す

書きなずむ手紙の最後クレソンのようなるものを添えていだせり

冷蔵庫開ければあると思わるる卵のようだ希望というは

病院のロビーのガラスに自販機が映りはじめて冬の夜となる

手術待つ夫へ手渡す一杯の水はコップに微かに動く

入院の夫の洗い物を提げ有楽町にクリスマスソング

病院の冬の並木はしずかだね昼も夕べも幹を隠さず

落葉（らくよう）は影を失うことなれば乱れなく立つ大樹のさくら

慈姑を前に

メイドインオキュパイドジャパン記されしブリキの金魚で遊びしはだれ

横浜のイギリス波止場〈象の鼻〉その曲線の波うち返す

落日は分厚き雲に隠れつつ海の面へ光を流す

仮に住む家のコンロに正月の小さな煮炊きす家族揃いて

北の窓塞いだ本を動かさず仮住まいにも卯の年が来る

高速の車の音が風呂の窓まで這いあがり夜（よ）の別世界

独り住む母煮し慈姑（くわい）を前にして慈姑にわれは頭を下げる

白昼の風押し戻す竹群は日の射さぬ側の影を深くす

薄雲を透して日の射す昼さがり劇中のように鴉が鳴きぬ

年賀状再びくれし人の絵の兎の目玉が大きく光る

自販機にカット林檎が売り出さる東京メトロ霞ヶ関駅

フランス革命前に女性画家がいた

どこを描（か）きて終えたのだろう誇らしきマリー・ガブリエル・カペの自画像

いちはやく丘照らし出す朝の日に鴉がしんねり鳴きはじめたり

大根の葉っぱが布の袋より出たるをさげてバス降りる人

わずかなる違いの赤の手袋をそれぞれはめる母、われ、娘

月頭に逢いましょうよと言うときにお伽の国へ行く気がしたり

ビジネス遊牧民

亜細亜にはビジネス遊牧民生まれ花粉にまみるる日本に住む

うす曇る並木の道の昼さがり渦巻く風を蹴りつつ歩む

落日の大桟橋を過ぎて海　遠くのものほど胸に棲まわす

ベース弾く男のマスクが壇上のうす闇のなかジャズメンクラブ

窓に寄れば横浜横須賀道路見え月をしまらく忘れて過ごす

キティホーク入港せしとき賑わいしどぶ板通りにどぶ板あらず

景気よきときがあったと基地の町ヨコスカバーガーさげて帰り来

夜の波引くたび寄せて来る波の形のままに黒帯びる砂

身体に二百六十も骨あるはその奥のこころ柔らかきゆえ

男物扇子が電車の席にあり春のひとつの謎のごとくに

ふたたびの引越しなれば本をまたかかえて詰めて眩暈を起こす

工場にて働く息子、調剤に励む娘の本も引っ越す

計画停電

渋滞にてカーラジオより流れくる被災の数字に誰もが黙る

封鎖されし道路を迂回しておれば希望のごとし工場の明かり

コンビニのトイレは長い蛇の列最後尾知れず大地震(ない)の後

こういうことでさえ、こうだ

地震(ない)の後(のち)渋滞の車に数時間　忍耐という怪物が要る

連絡のつかない夫と子ら二人首都の何処で携帯電話(ケータイ)握るか

高層のビルに家族ら孤立しているかもしれず天災の果て

地震の時のビッグデーターというものがあるらしい

ケータイの位置情報が動くのは人の生きいる証となるか

現代の電波空間　肉体の見えねど記録に残りてはかな

停電の家に帰ればただひとり暖まるものなし音の無きなか

まだかまだか朝はまだかと眼をあけて光待ちおり地震のひと夜

引っ越しの数日のちの大地震　力が抜けて心が抜けて

独り居の母に日本は計画の停電の闇割り振ってくる

戦争を経てきて今し原発の闇に出くわす母の世代は

母を守る懐中電灯　計画の停電の闇は日本の闇なり

平成の長きながき列なして母は買い来つ単一電池

停電になる地区ならない地区あれば仕方あるまい、なんては言わず

セシウムが娘の軀にたまるのか怒りはやがて祈りに似てくる

うす暗い車内が正義を主張する節電電車がレールを走る

足元の薄暗さなど誰ひとり黙々としてコンコースをゆく

蟻の巣と何の違いがあるのかと光乏しき地下通路過ぐ

生きること問いて祭りがあるを知る「海と生きっぺし」釜石まつり

トマトの苗

関東の大震災の瓦礫にて造りし公園　鳩を遊ばす

氷川丸を繋ぐロープに鷗らは頭の向きを揃えてとまる

レオナルド・ダヴィンチ、シーザー、ラバグルト咲かねば薔薇の名札見てゆく

夫植えし庭のトマトの苗育つ取り忘れたる値札がついて

紫陽花の大きな葉っぱが溜まりたる雨粒を鋭くときおり返す

舞　台

夏はこのはくちょう座だね砂利道を見上げながらに歩みつついて

ひとつこと胸より去らず蠍座の霜月五日生まれのわれは

迷いつつ返事をすれば声聞こゆ暗き銀河の向こうの方より

トウシューズ蹴り出すほどの勢いを忘れていたりよろこびもまた

観つづけているのは奥のhorizont(ホリゾント)* さらに広がる無を気づかずに

*舞台後方の背景用の壁

胸底のブラック・スワンが電車待つときもばさっと翼を揺らす

ここにいていいのか、迷い持たざれば菖蒲は尖る紫ほどく

鵯と母

愉しいか愉しくないか紙一重冷たいパスタを口に運びて

真紅なるランドセルひとつ階段を昇りてゆけり団地の夕べ

卒論を五月雨月(さみだれづき)の電車にて聞きしが訣れほそぼそとして

泣く前のおさな児の顔は長くなるむわんと暑い花屋の前で

大雨の後の濁りをうねりつつ江戸川は運ぶ蒸し暑き昼

さるすべりだらしなく伸び風の日は枝の紅色華やぎの増す

鵯（ひよどり）の海峡わたる力いま母に湧けよと歩みを支う

海面をすれすれに飛び海峡をわたる鵯、あるときの母

夏の日の口腔外科に来て母は小さな口をほろほろ開く

孫ぐらい若い歯医者に体折り礼する昭和一桁の母

陽の射せばぱっと帽子をかぶる母まだまだ生きる意志に安堵す

噛むかわり舌に潰して食べている母は痩せゆく魔術持たずに

紫の朝顔咲く画その前に立つ間（ま）は花に溶けてゆくべし

ゆっくりと話しかけたき日本の婦人を描く藤島武二

近代の女の鼻のなまなまし画稿はさらに息衝きを伝う

ファックスの十ほど入り放牧の山羊を集めるごとく並べる

椅子並べ資料を並べ人間が並んで仕事はじまる午後は

鳶の飛ぶ気配がしたり海べりにあらざるここの打合せ会

上の子の土産の桃は傷だらけこういうときは黙って受け取る

トランプのクイーンが朝の路上にてわずかに光る意味あるごとく

一日をチョーク握ってきた指を無造作に重ね落暉にまじる

「主婦の友」装幀画より抜けいでし婦人かと見つ電車のなかに

透明な茸のようなビニールの傘なる内に人間の貌

花火

刃のごとき光に港の魚(うお)が跳ぶ戦後六十六年目の夏

夏の濃き影をつくれるマテバシイこの影に来よかなしみのひと

花火こそ夏の魂、眼を閉じてむかしの空を心に引き寄す

これからの日本に要(い)ると苗木なる被爆桜を育ててゆくべし
うたた寝に眼鏡をかけたままの子はきっとよき夢見ているだろう

アキレス腱

手術室ドアまでついて来てくれて手を振る娘　疲れているか
冷えきった手術室まで運ばれて若き二、三の医師に囲まる
全身の麻酔から醒めて凍えいる体の一部白きギプスは
アキレス腱切ってしまってこうなればこうなるのかと病室のなか
目の前はナースステーション終日(ひもすがら)足首冷やし平たく眠る

病室の前よぎりゆく配膳車　怪我した具体のひとつを示す

車椅子押しし夫は腰痛め七曜動けず秋真っ盛り

転んだらアキレス腱はまた切れる手術した医師がにこやかに言う

病院の他よりいまだ外に出ぬ日々に空など掻き消えてゆく

電話機へ這いつつゆけば音は切れ夜の空気はひたひた重し

松葉杖つく日々なれば不機嫌な四本足の生き物として

ごめんねと声が聞こえてあらわれた夕御飯ならばライトを暗くす

腰痛き夫と松葉杖のわれ　リモコンの類(たぐい)日々に投げ合う

右足が左の足を忘れぬよう装具をはずししばし並べる

潔きされど無念の台詞ゆえ「今はこれまでなり」が胸打つ

眠る間も装具をつける秋となり見舞いの言葉のファックスが来る

もっちりの肌のＣＭよく見かけもっちりの人柄さほど出会わず

なぜ切れたばかり聞かれる秋の日のアキレス腱の左右励ます

健康な人らのための駅ゆえにエレベーターまで大回りとなる

移ろいは林の色にあらわれて待合室に体沈める

松葉杖身に引き寄せて坐りつつ水掻きが欲し待合室に

邪魔になる感じというのがよくわかる白皿にのる疲れたパセリ

もたつくを許さぬ街のエスカレーター乗るとき怖く降りるはさらに

東京のエスカレーター乗るときに速さの違いを身にしみて知る

ぺたんこの紅葉一枚封書にて海峡を越え胸に届きぬ

犬たちがドックケースの中にいて喧嘩を始む冬の電車に

矢で射られ死にしアキレスその腱をわれらは持てり死までの時間

極月の光のなかの細きビル生活（たつき）の時間を縦に重ねる

太陽の真下の海のひとところ煌めきを見す漁船浮かべて

人間は海亀に似る　夕暮れの海のサーファー眺めておれば

海の面に頭を残しサーファーは夕づく沖へ迷わず進む

山の端が黒き筋にて浮き上がりおのずからなる鋭さを見す

陽の神

本の神、陽（ひ）の神がそばに居るごとし冬昼過ぎの各駅停車

髪を切る度に故郷仙台を語る美容師この街に住む

地下鉄を乗り継ぎ春の図書館にマイクロフィルムのリールを回す

回線のダウンに貸出しできざれば横暴なひとのような図書館

地下鉄はひとを黙らす新年にシンビジウムが乗り来ればなお

リヤドロの雛の肌の涼しさを持ちたる月が車窓にはりつく

放流をされたる魚に感情のあらばおそろし春の江戸川

キッチンに一度も使わぬ数本の包丁を縦に眠らせておく

絵葉書の土牛の牡丹の明るさをわがものとして階段のぼる

桃園

黄の嘴の鶫一羽　咲く桃の花に塗れておりおり移る

ふるふると駝鳥の羽根に桃の花撫でられ実らん盆地の桃園

意外にも図太き幹の桃なればその花色はただならぬなり

甲州の傾（なだ）りの桃咲きひたすらに柔らかきものその底知れず

はろばろと相生陸橋より見える甲斐駒ヶ岳を思い出すべし

大雨の吉祥寺までゆくときに羽のごときをまずは畳みぬ

雷（いかずち）の鳴りたる雨の桜ばな散り重なれば路上火照らす

地下深きりんかい線の車内にて桜は遠き岸辺のごとし

ゲートブリッジくっきりとせる病室に点滴を受く卯月の真昼

採血の前に呼ばれるフルネーム束の間なれど他人事のよう

内視鏡という鏡あり冷えきった沼を照らすがごとくに終えて

病棟のエレベーターの階毎(ごと)に同じ患部の人ら出入りす

緩やかにカーブして過ぐる〈ゆりかもめ〉人間という大切を乗す

夜の深き東京湾をゆく船かひとかたまりの光が辷る

卯の花の咲くだけ咲ける昼過ぎに息子とひとりが家訪れる

リビングにかわいい人が今日増えてこんなに話す息子を見おり

　シャガールの「サーカス」

沈折(しずおり)の扇子の風のようなひと電話に細き声を残せり

紫陽花の油断のならぬほどの濃き緑の葉叢に花開きゆく

雷（いかづち）の昨夜（きぞ）のかけらの残れるか沖ひとところ色の濁りぬ

横浜の港に赤潮来ることの怖れを口に出さずに過ごす

鍔（つば）広の帽子を深くかぶるべし愉快な今日がこぼれぬように

横浜の埠頭にまわる大風車眠らぬものは涼しげに佇（た）つ

海の面に白波たつを見つめいて白の淡さは光を持たず

永遠はどこにあるのかグワッシュの「ピエロ」が石油ランプをつける

シャガールの「サーカス」のように浮遊する　船の上なるこのひとときは

貪欲に日が射す教室　コック帽かぶるコックのたまごら犇めく

コック帽あまたが硝子越しに見ゆ西日射しこむ料理学校

ワニナシというアボカドをひとつ提げ坂上りゆく人の美し

『無国籍』を読みいし男電車降り朝の新橋地下へ吸わるる

台風の過ぎし家庭菜園のトマトの苗が土に平伏(ひれふ)す

海猫

飛ぶときに見ているものは何だろう遊覧船と海猫並ぶ

遊覧船をウミネコ離れず投げ上げるかっぱえびせん食べ尽くすまで

巡視船「ざおう」を右に見て過ぐる松島湾の海の路にて

かなしみの針

咲きすぎた薊を飾る店のなかジュノベーゼ待つ時間の長し

白皿のハンサムレタスさみどりは夏の真昼を物憂くさせる

改札に待ちいしひとの手があがり夏の岡山われにはじまる

口紅の折れる暑さの岡山にキャリーバッグとＡ４の紙

岡山は夜通し貨車の走り抜けぶわあっぷわあっと窓硝子鳴る

倉敷の美術館にてジャコメッティ立像の細さに存在示す

振り下ろす斧を忘れていしわれにホドラーの油彩「木を伐る人」は

モローの「雅歌」見尽くすために来たような夏全開の倉敷の町

人はみな道化師だから迫力のルオーの「道化師」永遠(とわ)の横顔

森のなか雨の降りこむフォートリエ見おれば雨はかなしみの針

銀色の代車

大玉の西瓜を提げて公園を過れる人よ家族待つらし

エンジンがとうとう壊れ家族用車手放すお盆の前に

〈シルバーの代車をどうぞ〉乗るひとはともかくボディはへこみと擦傷

銀色が素敵だわって母は言う古びた代車に乗り込むときに

テープにて止めたるボードは初心者の娘がブレーキ踏むたび開く

そうかこう生きてきたのか襤褸(ぼろ)を銀の車と母は言い換えながら

駅舎の時間

駅舎には丸い時計がよく似合う　首都東京へ父も通いき

勤勉を誇りしころの父にまた逢いたし褐色煉瓦の駅に

天のいろ紺に傾き東京の駅舎の丸い時計を見上ぐ

黄昏の東京駅よ生き物のひとつのごとく刻を呑みこむ

空中権売りしと聞きぬ丸の内駅舎に入る浮遊物われら

ゆくりなく嬉しくなればドーム型天井の下に人を立たしむ

丸ビルより地上の駅へ塊のままに人らが吸い込まれゆく

東京の駅舎の窓にタクシーの灯が映りおり途切れ無き光（かげ）

あとがき

この歌集は、前歌集『霧笛橋』以降の二〇〇七年夏頃から二〇一二年秋頃までの四百八十余首をほぼ編年体で纏めた第五歌集である。

二〇一一年三月十一日の東日本大震災からようやく二年経た。地震が起きたときは、たまたま東京の国立市の建物にいて、壁一面のスチール製の本棚が揺れに揺れ、電車は止まり横浜へ戻るため帰宅困難者のひとりになった。平和に見える日本においてさえ、日々が穏やかに過ぎていくというのは錯覚であって、日々の脆さということを震災によって知った。

私自身については勤めを持つようになったこと、そして震災の起こった年の夏にアキレス腱の断裂をしてしまって手術となったこと、翌年には別のことで内視鏡の手術も経験した。その間に夫は東大病院で目の手術をして互いに二回ずつ入院を経験した。娘は転職せざるを得ないことが起こり、振り返ってみれば身辺の変動の大きい時期であった。
近くではあるが独り住む母は、晴れた日に富士山の遠望できる家を離れず、計画停電の時でも闇のなかで懐中電灯を照らして日々をくぐり抜け、母は母なりのペースにて杖をつきながら我慢強く日々を過ごしていった。昭和二年生まれ、小柄の弱い体ながらもどこにそんな力を秘めているのか。かえって随分と励まされてきたような気がする。
先の定まらない日本において、言葉に為しがたいことに取り囲まれていて、大きな流れの中で母、家族、私のひたむきな時間が絡まり合って日々は過ぎていく。言葉を引き寄せて定型であるこの詩型とじっくりと向き合っていきたい。

岡井隆先生に感謝いたします。昨年終わってしまいましたが「蝶の会」を楽しみにして参りました。歌集の刊行を迷っていた折に大島史洋氏が背中を押してくださいました。「未来」をはじめ歌の仲間たちを本当に有難いと思います。ながらみ書房の及川隆彦様、住正代様にお世話になりました。この歌集の装丁の間村俊一氏は、セレクション『中川佐和子集』に次いで二度目です。どんな装丁になるのか実に楽しみにしていて、深く感謝申し上げます。

二〇一三年三月

中川佐和子

歌集　花桃の木だから（全篇）

I

風のなかの実

マロニエの雀合戦その樹下を通りてひたひた力湧きくる

船上よりベイブリッジの裏側が見えればふいに見るものこわし

気まぐれな黄蘗（きはだ）色なる月のぼり〈みなとみらい〉に秋を呼び寄す

秋の日にやさしきものは揺れておりひよどりじょうごの朱の実あまた

胡蘿蔔（こらふく）はにんじんのことつつましく他（ほか）を引き立て白皿の上

葉に触れて吹く風のなく里芋の影は真っ黒のかたまりとなる

縄文のときに渡来の里芋の見事に大きな葉っぱの愉し

百歳をこえても片岡球子描（か）き真（しん）に己をゆるさざる貌

雑踏を抜けて向き合う〈赤富士〉の野太き線は見尽くした果て

言葉にも指紋あるはず絵の中に片岡球子指紋残せり

独楽鼠のように過ごすに傘持たず濡れつつ古き約束果たす

王の名の林檎の凛とせるに刃を入れつつ思う風のなかの実

黄鶲飛び立つ

仕事場の扉のロックのかかる音後ろに聞きて机へ歩む

紙の束いくつも広げまた閉じるデスクワークのよろこびとして

感情は遠く浮遊し食堂のパイプ椅子寄せ座りてわれら

国立さくら通りに

1か7わからぬ手書きの札を持ちワンプレートランチ出来るを待てり

限られた机ひとつに文字という文字の集まり戦うごとし

雨に濡れし朱の自転車を拭いておくふたたび仕事得んとする子に

水草のごとく過ごせよ東京の地中の電車に揺られながらに

鳥卜（ちょうぼく）はきっと幸い、水浴びて秋の真昼に黄鶲（きびたき）飛び立つ

道路際花屋の日日草見れば百円だって白の見事さ

大賀　蓮

噴くたびに炎は横へ流れゆく臨海地帯のフレアスタック

夜となる大黒ふ頭に輸出待つ車並べど滅びの予感す

ガントリークレーンは埠頭によく似合い風吹き通る冬の夜の空

大雪の屋根の鴉と目が合いぬそうかあなたも瀬戸際なのか

つばさ橋過ぎて真冬の海の色みずから持てる黒みを増せり

紙魚のある詩集の文庫さげながらマフラーゆるめ街へ出てゆく

大切に捲くものは何　雪降りし畑に白菜並びたちつつ

「心臓を開いた」と言う電車内恋人たちの会話のなかに

医者目指すらしいふたりに心臓もひとつのモノなり真冬の電車

胃、膵臓、腎臓、肺も話題にて老いびとではなく医者のたまごら

人間の五臓六腑はもうすでに人間のものであらざるを知る

向かい席七人がみなうたた寝の七つの頭の中なる宇宙

大賀蓮の写真を飾る部屋のなか寂しいことはきらいではない

電飾は彼方の光　佇ちおればわたしの寒さがのぼる

算盤をかばんの端から覗かせる少女を見おり飯田橋にて

トラックの荷台いっぱい花満ちて言葉にすれば如何なるよろこび

胴吹きの桜

蛇を食む鳥にてあれば嘴の尖る迦楼羅(かるら)は人間に近し

八世紀の琥珀、水晶、真珠玉　玉が見返すわれの眼を

壁に影落とせる春の阿修羅像　影はさらなる身体を生む

正面の合掌の手にわずかなる空をつくれり千手観音

踏みしめて大地に立てよと天燈鬼有無を言わさず桜の奈良に

ぎざぎざの眉を持ちたる龍燈鬼ひとときだってさ世の勢いは

フランス語話す人らの靴先に花びらつきて雨後の金堂

胴吹きの桜も遅れず咲き盛り人の行き交う三条通り

触れたれば雨滴伝わる桜ばなひとつひとつに花びらの冷え

ひとところ菜の花の黄のはげしさよ蘇我入鹿の首塚あたり

甘樫丘（あまかしのおか）より三山眺めつつ春のひと日に言葉をかざす

雨上がり若草山のさ緑の暗みはじめる裾野を過ぎて

鹿のいるあちこち春の羞（やさ）しさを若草山はわれに思わす

藤棚の下に

ひたすらに咲く花桃が頼もしく言葉にならぬ思いを押し出す

風の鳴る阿武隈川に向き合いて座りておりぬ震災後二年

近づけば流れの速く川上へ頭向けつつ鴨わたりゆく

吹きしきる風にてあれど紅梅は揺れのとどまる瞬時を持てり

小さなる淀みを作り流れゆく阿武隈川は光を仕舞う

藤の花うち重なりて咲き盛り単純ならず幹のくねりは

藤棚の下にも風の抜けてゆく薄き陽射しに花揺れ出して

薔薇園の三角屋根

真っ赤なるパラグライダー海の辺に蜘蛛のごとくに空より降りる

鳥の目となりて海辺の空を飛ぶ人の漂う時間に出合う

水無月の岬目指すかするするとシーカヤックが波の間をゆく

カーナビは時に嘘つき目的地着いたと言えどまわりにあらず

デパートの婦人靴売り場レジの前ひとりがひとつ持ちつつ並ぶ

選びとる靴見ておれば人の生（よ）を覗くごとき心地のしたり

目印は柳のこの木という声に立ちどまりおり水無月の今日

所沢聖地霊園手にしたる捩花に過ぎし風を記憶す

図書館の閉館まぎわ本という本が吐き出す空気が緩ぶ

忘るるな忘れてしまうな葉の陰のゴーヤが姿見えぬまま実る

食麺麭は皿ごと焼くかと聞いてきて出勤間際のわれを困らす

キッチンのコンロにかけた鍋のまえ仁王立ちして「あかん」がはじまる

「あ、しもうた」三回言いてハンバーグ三個を焦がす夫とフライパン

「暑いでえ」の「でえ」に暑さのましてくる夫にペットボトルを持たす

トラックのわき通るとき刈られたる下草の匂いに打ちのめされる

炎昼に下草刈りし青年の放心の貌も薔薇園のなか

薔薇園の三角屋根の建物の暗がりの利鎌見ていて大暑

草を刈る機械の音とあぶらぜみ啼くが聞こえる競うがごとく

炎天のベイブリッジが見えてきて木の間の空気明るくしたり

だとしたら観てゆくダイアナプリンセスオブウェールズを夏の薔薇園

能登半島へ

章魚釣りの一団の舟その向きを整え七尾の湾にとどまる

湾に降る雨は沖から押し寄せてたちまち暗き界となりたり

塩の濃き熱き手水に口すすぐ和倉の町をともども訪いて

能登島と海との際に白き色残しながらに朝日が昇る

馬尾藻（ほんだわら）踏めばぐにょぐにょ秋の日のいつもと違う心が動く

雨過ぎて秋朝光（あさかげ）にたぶの木は枝（え）ごと葉ごとの緑を揺らす

湧き水の里　土屋文明

川戸まで来たりてここの濁りなき筧（かけい）の水を掬い飲み干す

裏山に杉の茂りて荒墾（あらき）まで道のわからず湧水の里

湧水のにじむ草地を沢蟹がいっさんにゆくを覗きこみたり

まむし草赤き実生(な)るを目におさめ文明過ごしし裏山くだる

目をつむり開けても紅葉　文明の生家のあたりバスにて行けば

柿の葉は色を違えて一本の木の美しさ保渡田のあたり

里芋の小さき揺れよ雨上がり文明生家までの道の辺

秋の日に引き込み線ある採石場降り立ちわれら見て過ぎゆけり

紅葉(こうよう)の色をうっすら榛名湖に映して季節移りゆくらし

紅葉の山にかかれる虹に向き口々にはらり声をいだせり

祝い舞

こんな日が来るに安堵す霜月の豊寿舞（とよほぎのまい）、豊栄舞（とよさかのまい）

たまさかに人より遅るるその巫女の豊寿舞ばかり見ており

かつて母着し留袖に今し手を通して嬉しさを継いでゆくべし

頑張り屋母は留袖のわれを見て母はその母思いおるらし

母、夫、娘を乗せて首都高を駆けて戻りぬ子の式終えて

与那国馬

在来種与那国馬（よなぐにうま）は人間と歴史を共にす語り継がれて

日本の最西端の離れ島　小型のままの与那国馬おり
琉球の王府、薩摩の統治過ぎ在来馬のまま今に至りぬ
伝説の島与那国の駆けてゆく馬の力の強さに救わる
沖縄の畑一面平べったく覆いてへちまは黄の花咲かす
紅葉の地より琉歌の沖縄へ　翳れば肌のうっすら寒し
見んとして見るに椅子より転げ落つ「沖縄戦の図」に溶け込めば
その前に椅子の置かれている意味を想うであろう「沖縄戦の図」
人間のつぶれた体流るるは絵のなかで無くこれからもまた

六段と二十三段のぼりゆく佐喜眞美術館屋上までを

屋上の階段の壁のあく穴に普天間基地の夕陽見るべし

摘（つま）みあげ耳の形のミミガをー確かめながら朝夕口にす

ひといきにジーマミ豆腐のど通りつるっとするもの疑っている

ゆんたく*はやさしい言葉沖縄の時間のなかに身を置きおれば

*「ゆんたく」はおしゃべりのこと

台風も悪魔のひとつ家々の門のシーサーが払ってくれる

〈飯上げの道〉をのぼれば地より湧く何があったかこれでいいのか

少女らは〈飯上げの道〉を砲弾のなか走りけりわれに出来るか

沖縄の戦火に女が飯を炊き、少女は運び、食ませ、看取りき

陸軍の病院壕の女生徒の三角定規に目を寄せて見つ

はらわたの出るまで撃たれし友のため病院壕の〈証言〉書かれき

生きていし証の名見ぬひめゆりの部隊の少女の万年筆に

手鏡の覚えておりしは少女らのしぐさと声と軍の砲弾

生き残りたる意味問いながら声発すひめゆり部隊語れるひとは

沖縄戦生きて語りぬ〈ああみんな三角定規もっていましたよ〉

にちじょうはここに遺りぬひめゆりの歯ブラシ、鏡、三角定規

麻酔無き手術となりし壕のなか昭和二十年四月一日

「学徒隊解散」の声に壕を出てひゃくのいのちが数日に失せぬ

うっちん茶の飲みて休むも休まらず病院壕の冷えのまさりて

石道を降りてきたれば待ってるよトックリキワタのうすき紅色

がじゅまるの古木の精のギジムナーきっと会えると思えどはかな

平和祈念資料館

銃撃に死なせてしまったちゅらかーぎー*写真一枚平和の資料に

*「ちゅらかーぎー」は美しい人

ああここが喜屋武岬（きゃんみさき）なりみっしりとアダンの茂る林のありて

岩燕せわしく過る喜屋武岬その断崖のねぐらは知れず

夕漁（ゆうあさ）りしておる鳥を見て過ぐる今日のこころは人には告げず

巨大映像

伝馬（てんま）、駄馬（だば）、輓馬（ばんば）、早馬（はやうま）、天馬（てんば）などどの馬になるか午年のわれ

日本の働きものの在来馬を午年われは憧れており

北海道和種より与那国馬（よなぐにうま）までの在来馬八種日本にいま

鳥居過ぎ人のぎっしり居ることのめでたく午の年めぐり来ぬ

ぎぎぎっとバッグが肩に食い込めば荷馬（にうま）になれず冬の古書街

外壁に巨大映像流れおる渋谷のビルがぬわっとたてり

大型の画面より降る声を浴び渋谷の朝の雑踏抜ける

仮の面持ちて生きゆく人間がテレビの中で笑いを誘う

ほんとうの貌など持たず朝ごとに駅のコンコース押し合いてゆく

II

天窓のステンドグラス

黒糖煮羅火腿(ラフテー)のようなひとだった思いがけない柔らかさありて

沖縄のモモタマナに来る蝙蝠は脱力系のぶらさがり方

聖堂の青うすうすと天窓のステンドグラスは母と同年

関東の大震災経てこんにちのニコライ堂となるまでを聞く

フジテレビ「全力教室」の収録

高架駅テレコムセンター着くまでのこころは勝手に動いてやまず

冬の日のゆりかもめ線09駅予期せぬ数に苦を見出せり

生き物でなくてよかった、湯湯婆(ゆたんぽ)が自らの字を知ることなければ

おとなしく玉ねぎ剝かれ湯の中に入れられたような、昨日が過ぎた

まみどりの樹々は騒(ざわ)めき漆黒の楽器ケースを背負うひと行く

　明日あるごとし

ああ亀の家族がいると低き声夫は発す亀の家族か

藤の散る亀戸天神池の辺の石に家族の亀へばりつく

池の面(も)に片寄せらるる花びらのうす紫を藤は広げる

生き延びし恐竜を異なる思いにて勤め人の子と観ておりわれは

つらいとき子らよ草食恐竜のトリケラトプスになりて逃げゆけ

巨大なる泥棒の意の名を持ちてギガントラプトルかなしい響き

尾に棘をステゴザウルス持つことをメールのついでに息子に記す

若者の疲弊する国ニッポンの携帯（ケータイ）の電波は空をほろぼす

生き延びることが大切ベッドより髪を垂らして娘は眠る

然（しか）れども家族の靴を玄関に揃えて置けば明日あるごとし

アレクトロサウルスのいた白亜紀の樹を思うたび影を思えり

この先は浅瀬であろう　駅前にひとと出会いて連れ立ちてゆく

見たいのは太宰の直筆原稿の乱れ、メモ書き、棄てた一節

長身の太宰治の懇願せし二重廻(にじゅうまわ)しがだらんと掛かる

五尺六寸五分の目立った身長の太宰治に驚いており

かなしみの源として樹のみどり、エヴァーシャープの万年筆も

弾けつつ薔薇は咲きおり日の射せる〈港の見える丘公園〉に

ピエール・ド・ロンサールは薔薇　緑色帯びた白さの花びら開く

この頃はうさぎの切手貼りながら手紙の言葉に和毛(にこげ)を欲す

飛行機と鴉とブラスバンドなり河野愛子の墓の辺の音

長くながく河野愛子の墓の辺におればあふるる五月のひかり

ジギタリスまっすぐ伸びるかなしさに気がつくだろう風過ぎるたび

種子銀行

美しい被子植物を見たくなり図書館に行く昼の休みに

水溜り跳び越えてゆく図書館の世界で一番美(は)しき種子まで

発芽する能力あれど数世紀そのまま地中に種子眠るらし

昼休みに植物図鑑ひらくのは疲れの深さあるからだろう

葉桜の道を日暮れに帰りゆくチョークの赤を弓手につけて

古き種子に未来があるという稲の不思議はこころの中にひろがる

これの世に種子銀行のあるを知り夏の陽気のごとく嬉しも

効率のことばかり言って植物の六億年の歴史忘れる

種子というなまぐさきものさらになお人間の声いきいきとして

いくたびもとんびの影が路よぎり燈台までの足を速める

人間の守りてきたる灯（ひ）に出合う自然島なる城ケ島にて

烽火（ほうか）また篝火（かがりび）そして燈台の灯へと移りぬ人間と火は

宝塚歌劇

咲く百合の青みを帯びている白に距離を置くべし嬉しいときも

宝塚歌劇の中の擬似家族あなたも小さな嘘をつきたり

壁一面鱗のように覆いたる蔦の光れり風の日となれば

品川に飲むはシナモンカプチーノ昔の気持ちたたみ直せり

斜めより光の届き栽培をさるる心地よ待合室は

北里の薬学学びし友亡くし娘はひとつまた無を知りぬ

幸福は一生来ない、否来るさ互（かたみ）に交す言葉の裡に

放し飼いの鳥たち

横浜のタワーにありしバードピア姿なき物の刻を愛しむ

放し飼いの鳥たちがいたタワーなり赤と白との装いをして

容(かたち)あるゆえに過ぎゆくタワーにも〈夢みる機械じかけの人形〉

燈台の華やかなりしを知らざるに人は往き来すタワーの内へ

湾岸の高速道路抜けてきてマリンタワーは残骸にあらず

世代替え北上しながら日本の薄翅黄蜻蛉(うすばきとんぼ)ひらひらと飛ぶ

向こうから埴輪のような口の女(ひと)あくびとわかるまでに近づく

馬車道の瓦斯灯のともるころだからメールが届くさみしいひとだ

　　鮮やかな黒立葵

遠くより眺めてさらに鮮やかな黒立葵そよがずに立つ

引き抜いた花びら鼻にくっつけてコケコッコーの笑いひろがる

つぎつぎと怯まずに開く立葵　地中の匂い押しだしながら

北二条通りに花の黒を見て文披月（ふみひらきづき）の身体を冷やす

北方の領土に自生するというプレートを見つ千島桜に

道庁の葉の押し合える蓮の池鴨の親子がそろり現る

札幌の街にかもめの棲みついて街びとのごとおるに驚く

道の辺の放埒に咲くラベンダー触れれば花の硬さに驚く

よき言葉「かでる」を話に聴きとどめ北の大地の地表にわれは

晩餐会があった

北国の白鳥ロースのローストのメニューに目を寄す時計台にて

そこにいた人に逢いたしブルックスの着任祝いし晩餐の会

鹿の肉、アイスケーレン、イモト、タラ　晩餐会の会話思いつ

北大のポプラ並木の賑やかな葉っぱにはずかし小さく生きて

バルテュスの写真展

存在の恵みとしての少女描(か)くバルテュスをわれおそれはじめる

バルテュスの最後の写真重い木の資料室の扉(と)を押して入(い)りゆく

デッサンに代えて写真を撮る画家の敗北にあらずかけがえなき生(よ)

職人であるを画家なるバルテュスは願えり影にこだわり見せて

衰え果てゆくとき強き意志わくを画家に見ておりバルテュスの写真

宝物ふえる夏日に

紙という紙を騒がし扇風機貴人(あてびと)のごと仕事場に立つ

丸くなり始まる会議いくたびか信号のごときが見えて来たれり

この夏の祭りばやしの聞こえきて夫は碁盤を前にたくらむ

マネキンも帽子をかぶり灼熱の日のパチンコ屋の店先飾る

炎熱の空へ蔓先伸ばしゆきほんとうの藤の姿はこれか

地下鉄は退屈である　わたくしに宝物ひとつふえる夏日に

夜（よ）の鏡に映りおるもの見んとして座り直せり八月九日

夏の「未来」横浜大会

切るたびにわっと飛び出すシュウマイは花のごとしよよくよく見れば

朝寝（あさい）して空見るときにそよぐものあらざる秋の芯のふかさよ

番号を甲羅にうたれこの園に果ててゆくべしニホンイシガメ

ざりがにをとらんと小雨降る池へかたまりながらこどもらの来る

一匹も見つけざるまま去らんとし児らにはよき敵、池のざりがに

秋の日のレッサーパンダの長き爪役に立たねば園にうつくし

その舌がまるで蚯蚓ようなるをオオアリクイに見ておりわれは

わたくしの失いしものとして見つオオアリクイの足の鉤爪

よろこびの形のはずの結納も体力が要る長月なかば

舌にのせる菊花浸しは言祝ぎの一歩となる日の味わいとして

新しい家族をひとつ生むために芙蓉咲く季にわれら集まる

微笑みてひとりのひとと写る子を離れて見おり座布団の上

上の子の離(さか)りて住む日がやってきた手を振る仕草は変わらざれども

玄関でおかあさあんとわれを呼ぶ給食袋を忘れたように

まっさらな鏡

投げ独楽の鉄の心棒まわり出し新年に美(は)しきものを眺めつ

よく澄みてまわるは鉄の心棒のある独楽　のちもまわり続けよ

ラグビーをしていた九州びとなれば大きく厚く力にみちて

船移しするごと若きこの人へ娘を託す未(ひつじ)の年に

まっさらな鏡の前に子は座る夫と三人(みたり)にて家具屋へ来れば

首すじは、そう、うれしさを見せながら傾けている鏡台の前

家去りし娘の気配ありたれば居間の手書きのメモをはがさず

プーさんを好きであった子どっしりと共に生きると言うひと現る

新しい息子はパスタのポルチーニぱくうと食みて未年の春

ウエディングドレス選びもメールにて届く画像を大きく開いて

怒るとき嬉しいときもふたりして働くよき手をもちておるべし

野生の羊の角

モンゴルの野生の羊の大きくて巻いている角　あなたはあるか

そういえば愉しいときは在ることに気付かなかったメリーゴーランド

遠くより見ればスーパープラネットまわりまわって何も変わらず

迷うとき思わず足が向く冬のみなとみらいの船を眺めつ

ぶんぶんと箱型の遊具振り回すコスモワールド涙ぐましい

幸せの詰まったような空気吐く冬の観覧車地上に降りて

まんなかにクロック置きて六十のアームをまわす大観覧車

世の中に腐らぬ木ありて甲板のイペに触れたり大桟橋に

ビルを抜け広場通れば美術館その体内のごときを訪いぬ

微妙なる「白」をまとえる絵の少女身体（からだ）の翳りを縦に流せり

自画像を描（えが）いた画家の心奥を考えてみるホイッスラーに

〈灰色のアレンジメント〉自らの目を描（か）くときに躊躇わぬものか

払暁の東京へゆくタクシーの中にて母に橋を指さす

階調をなす朝明けの空なればきっといいことあるを信じる

赤み濃くあるいは緑や茶の色も人間の皮膚、炎症おきて

手術せし痕に炎症おきたればがんセンターへ母をともなう

言いしれぬ我慢強さを持つ母にまたもや驚き腕を支える

かなしみもはぐくむごとくと言えるのは病む三十年の長さの果てに

気を張りて待合室に座す母よ虹のごとくに生きよと思うに

仕事待つゆえに国立駅までを快速に乗り立ち直るべし

3Bの鉛筆握りているときの心に荒き波を奔らす

龍神伝説

断崖の馬ヶ背観たくなるわれに神話の国が戸口をひらく

「宮崎百人一首」

ぐいぐいと白の際立ち繰り寄せぬお倉ヶ浜の晴るる日の波

鈍色をしている特急〈にちりん〉とすれ違いたり南の国に

音のなく海幸山幸号離(さか)る反対側のプラットホームを

青島へ一両電車走り出しこの先何があるかは知らず

フェニックスぱさっぱさっと葉を鳴らし地上のわれをここに留める

いまはもう洗濯板を知るひとの少なしされど青島海岸

ぷつぷつと穴のあいてる青島の石を見ており人と並びて

雲間より早緑月(さみどりづき)の光射し日向の海に力あふるる

人は何か縋って生きる　海の方(かた)向けば龍神伝説の岩

洞窟の奥から外を眺めると岩の間に龍があらわる

馬ヶ背へゆく山道に柱状岩ぬっと突き出て驚きやすし

冬の晴れへえらりへらり海の上(え)を鳶がまわれり昼のぬくさに

日向より戻りて炊くは香り米ふくふくとせる地の豊かさに

マウリヤ朝統治下インドが香り米はじめて栽培せしと聞きたり

その茎の赤紫と黄なるはな　紅菜苔(こうさいたい)を卓上に置く

紅菜苔茹でれば青き湯となるを南の国のよろこびとして

劇画のように

ドアのまえ秘書が社長を待つに似る電子レンジの前にわが夫

鶏肉の色は何ってメール来て肉売り場にいま夫は立つらし

鶏肉の色をしずかに考える帰りの電車に着ぶくれたまま

如月の沖に出てゆき波を待つサーファーの時間それもまたいい

新しい息子と古い息子来てわが家の卓に皿があふれる

身体の大きさが命の分かれ目は氷河時代の恐竜の話

早送りの西部劇など観ることに馴らされゆくか夫の居る夜

妻ならぬ声の流れて風呂の栓したのかどうか夫は見にゆく

馬車道を往き来している勤め人にわれもまじりぬ歳月脱ぎて

傘かしげする人少なく桜散る小学校わき通りてゆきぬ

「撤去」の札失せて桜の切り株が劇画のようにのこされており

金沢の商家

中国語、英語、ドイツ語通りゆく成巽閣(せいそんかく)の加賀雛の前

金沢はお祭り騒ぎ父よ父根上がりの松にまた会いました

伯母の子のみっちゃん現れ歳月を隔てて話す死者を起こして

金沢の棒茶をいれて煮る鮒を食べたくなりぬ春の深さに

父は酒造りの家につながる

きんつばや胡桃や落雁を聞いており父と繋がる天狗舞まで

江戸時代より天窓は空映し土間へ差したり晩春の光

引き屋にて家を残すと聞くときにうれしも父の金沢の生家

井戸はもうぬんめり蔦に覆われて吊るしし西瓜もまぼろしだって

かつてこの座敷に寝(い)ねし記憶あり弁柄の壁に囲まれながら

紫の七福神は

九十九髪(つくもがみ)、白糸の滝、五湖遊(ごこあそび)、鬼が島まで菖蒲園には

熊笹の間の小径ゆきゆけば菖蒲の放つ飛びきりの色

季の来れば咲くゆえその名継がれゆく菖蒲か一つひとつを見おり

抜きん出た丈なる薄き紫の七福神は終わりまで咲く

紫に黄を散らしたる鬼ヶ島忘れられない物語揺らす

鬼ヶ島なんの仕業かその茎の折れて紫の花咲きつづく

清正井(きよまさのいど)に浸すは手ならず今日のおさまりがたき心を

西行の微笑み

このの ちの時間を摘みてゆくがいい遊行柳のように佇ちつつ

白昼の遊行柳へ近づけば影に嵌まりて葉は色なくす

鏡山より押し寄せる気のありてひたりひたりと身と鬩ぎあう

上ノ郡公孫樹の幹より誇らかに白み帯びたる瘤の垂れおり

ここにわれ流れ着きたる貌をして実方朝臣の墓標詣でる

接待館遺跡(せったいだていせき)の土塁の色の濃く人の世に過ぎし争いを見す

天麟院西行坐像の微笑みをわれ持て余す草の香のなか

西行の肉叢(ししむら)還らしめながら歌碑読む皐月の中尊寺にて

遊覧船よ

木(こ)の芽(め)雨(あめ)過ぎて娘の婚の季となりぬ小さきことも弾みて

ベールダウンその一瞬に母と子の時間畳まれ子の時間(とき)はじまる

おしろいを直してもらう　花嫁となりたる娘の鼻の頭を

教会のロードを夫がぎこちなく団塊世代の貌をしてゆく

腕を組み子と階段を左足ばっかり出して夫は上がれり

ウエディングドレスを踏まぬようにしてここでも懸命あなたの父は

よろこびのフラワーシャワー浴びた子の後を付きゆく親の仕上げに

披露宴のさなかに窓のその遥か大道芸のジャグリング見ゆ

杖をつく母、われ、娘が式場を段取り通り共にめぐりぬ

育んだわたしに別れる　ウエディングケーキに今日はナイフが入って

ラクビーの体軀のままの新しい息子はわれの傍らに来る

底抜けに笑って笑って嫁にいく永遠という魔法をかけつつ

家族など遊覧船よ今見える景色楽しむ他にはあらず

われ産みし古い息子と新しい息子に挟まれ夫は照れおり

啓紙刀

団子坂夏にのぼりて目を凝らす鷗外使いし啓紙刀(ペーパーナイフ)

ビルの間のスカイツリーの方向に品川沖が見えしと聞けり

映像の「歩く鷗外」その中の五十九歳意外に速し

新妻となりたる娘が自転車に空豆乗せて帰りゆきたり

戦争をくぐった母が平成の独りの暮らしに油照りの日々

どんなこともだいじょうぶだからと子に言えり母の戦中戦後思えば

母さんより長生きすると言うわれにありがとうねの声が返りぬ

母さんに告げておきたい言の葉は買物リストみたいに長くて

日焼けした老いたサーファー座りおり夏の終りの江の島の店

フォーキンの白鳥

横須賀の港をまずは見に行きぬロシアのグラン・ガラに来たりて

原子力航空母艦の姿なくあっけらかんと鈍(にぶ)いろの海

軍艦に母の字つくを怒りたり怒りはわれの力となれど

筋肉は踊りの一部ザイツェフの動きを見おり「カルメン組曲」

生きようと羽ばたきもがく白鳥の幻の空、まぼろしの水

フォーキンの白鳥観ている夏の日よ華ってなんだろひと生（よ）の場合

客席へ降りた貴公子アンドレイ・エルマコフよりガーベラを貰う

ガーベラは夏の七曜咲き続き仕方あるまいフェードアウトす

III

蔦の這う倉庫

滅びなど知らずというごと蔦の這う倉庫の跡にビールを商う

鰊漁に栄えし小樽想うべし夜の運河に誘(おび)かれながら

二百ほど倉庫のありし運河沿い小樽ビールをわれら囲みて

瓦斯灯に緑明るむ蔦の葉の垂るるビアパブにドンケルを飲む

店内にビールの仕込み釜を置き醸造しおり小樽のパブは

ピルスナー飲むひとドンケル飲むひとのありて北の地旅の話は

〈砂の中流れる川のオタオルナイ〉アイヌ語に浮かぶオタルの由来

瓦斯灯のともる小樽の運河沿い何かを長く待つごと座る

鰊漁かのヤン衆へ思い馳せビール飲み干す北方の街

北国の蔦這う倉庫その上の白き満月のぼりつづけよ

細雨（さいう）降る小樽運河の緑なる水の濁りに心を添わす

北国の運河に眼あるならばばいかなるまなこか明治に戻りて

天使の分け前

丈低く勢いている稲の黄に愉しさが増す北の大地に

鮎釣りの最北端の余市川その辺をわれら歩みてゆくも

木の樽の天使の分け前（エンジェルシェア）を聞きながら余市にモルトウヰスキー飲む

サコクタンと耳にしながら積丹の海を見おれば秋のただなか

雨のなか足踏みしめて汲みており羊蹄山の麓の湧水

長月の大雨のなか水飛沫あげつつバスは洞爺湖めざす

洞爺湖の畑（はた）に白豆をバスの中よりわれら見て過ぐ

さみどりのふわふわの葉のアスパラの畑の脇を突っ切ってゆく

百畳の部屋の隅っこ座りつつ江差追分じんじんと聞く

曇天の立待岬歩む時れっどくろーばー、ほらあちこちに

ふくふくと紅苜蓿（べにまごやし）の咲きおればかの同人誌浮かびてきたり

明治びと啄木の見し道南のれっどくろーばーがこころに開く

啄木の一族の墓に詣でたるわれらは茸のように並びぬ

ゴメの飛ぶ大森浜の海岸にいっかいきりの集合写真

再会を約して手を振り浜薔薇（はまなす）の実のごと灯らんあなたの中に

雲の上飛ぶとき声が聞こえくる　なすべきことを素早く遂げよ

芙蓉のくれない

夕暮れの芙蓉のくれないまさりゆき閉ずれど花の強さを示す

シースルーエレベーターを月照らしかたわらのひとは秋とつぶやく

群れているネオンテトラのようになる　大雨のなかを走りてわれら

無患子(むくろじ)の実と硝子器のあたるとき驚くほどの澄んだ音する

鹿鳴館のドレスは着てみたいが

着るならばバッスルドレス背伸びした近代化日本の涙ぐましも

靴紐がねずみのしっぽのようなるを少年履けり昼の新宿

外待雨だって

窓側から遠くにすわりほそぼそときかんしゃトーマス好きというひと
外待雨だっていうから待っている言葉が頭を埋めてゆくまで
全身を的にしながらフェンシング美しすぎる闘いをする
娘たち息子たち来る家のなかプリザーブドフラワー隅に寄せたり
集まれる七人のために出す皿の蟹は小さな話題をうみて
ぎっしりと机の並ぶフロアーに鹿のようなるひともまじえる
金属製椅子を寄せ合い人員の減るを聞きおりここでもそうか

体力のために食べよと言いながら塩ラーメンの花型人参

一枚のコピーとるにも必須なるＩＤカードは護符のごとしも

早口の会議にいでて目の前の資料の紙をそれぞれ捲る

申年の父

たまきわるいのち三つを自転車の一台に女(ひと)は乗せおり朝に

父の干支申年なればわがうちの律義な父にまずは言祝ぐ

知らぬ地へ行きたくなりぬ中年の睦月四日の仕事始めに

新春の車内に麺麭をかじるのは働き者(ハードワーカー)かこの女(ひと)もまた

若者はケータイゲームにすさまじき顔せり午後の珈琲店に

若者の真っ先に老いるこの国にふわりふわりと慣るるほかなし

傘と杖もろ手に持ちて歩みゆく米寿の母の時雨心地よ

傷跡の皮膚の薄きを剝がさるる母の肩に触(ふ)るへなへなとして

春の日にしょうも無いもの母は食べ素水(さみず)の中へ戻りてゆけり

夜の滝をのぼる生き物おることの鰻の稚魚の力おそろし

淵鮎をねらう鮎掛け頭には突起のありて獲物を待つらし

長実雛罌粟

地下鉄に麒麟（きりん）のような若者が整然と乗りて吊革つかむ

朝食を気恥ずかしくも写したり麺麭切りナイフ玉子立てまで

野良猫と息子を同じに言う友のキャットタワーを聞きおり午後に

部屋のなか大きなキャットタワー置く暮らしと本積む暮らしといずれ

ああなんて美しいのか切りてゆく扇の形の春の玉葱

香枕（こうまくら）おそらく好む女（ひと）だろう記しし文のかぐわしければ

暁に鉛筆あまた尖らせて夏草を刈るように書き出す

Z(ゼット)金具要るのはきっとあなただろう雨中に薄き字の手紙来て

蔀戸(しとみど)を閉ざすごとくにパソコンを打つ青年は昼の車内に

片靡(かたなび)きする荒草をときおりは見て車駆る母の家まで

肉色の長実雛罌粟(ながみひなげし)咲き揃い五月の朝を明るくしたり

周辺の生育はばむと思えざる明るさ持てりナガミヒナゲシ

図太さは魅力でありて咲き盛る外来品種の雛罌粟(ひなげし)の花

たのもしく庭の雛罌粟(ひなげし)咲き出して晶子の雛罌粟(コクリコ)思えと促す

方代をかたよとルビ振る人のいて方代の歌つくづくと見つ

くたびれた女の演歌歌手ほめる夫も疲れているのだろうか

水弾く力が葉っぱにあるらしく本当の力は目に見え難し

もやもやとセイヨウトチノキ地味に咲きわれは寄りゆく鞄かかえて

牧草ロール

牧草のチモシーざんざんしげる野に音を聞きおり道北の夏

飛び去りし鳥の落とした影などをチモシーの野は頻(しき)りに思わす

道北の緑の異なる色あいにチモシーはうすく枯れ色を帯ぶ

北国の野のひとところトラクター数台置かれ人寄せ付けず

卵うむごとくに機械は巨大なる牧草ロールを大地に落とす

玉ねぎの匂いは強く車中にも飛び込んでくる富良野麓郷（ろくごう）

宿根草ポピーと深き紫のラベンダーなり富良野の畑

山裾のセイヨウカラシナ一面の葉っぱの奥の何かを畏る

あれはそうヒメノカリスという声のあとにつきゆく帽子かぶりて

真っ白いヒメノカリスの花びらは放射状なりふるっとのびて

旭川の駅前広場に降りてくる鳥がおりぬ七月あかつき

旭川へそ歓楽街という路地のなまぬるい灯（ひ）のいつまでのこと

森も野もつぎはぎだらけの緑いろ見下ろしており旭川上空

次々と天よりそこに置かれたるようなるＴＯＫＹＯ高層ビル群

降る雨は車軸のごとしという比喩にかなしくなりぬこの夏過ぎて

プチトマト熟れたるものはやさしくて茎よりほろっと離れてゆけり

キッチンの魔女

陸橋をわたるに空を見る人と木を見る人にそれぞれの秋

市街地の塒（ねぐら）へかえる椋鳥の群れの心地す東京駅に

朝の日の差せば葉の縁うっすらと赤みのありて九月の楓

なりたくてキッチンウィッチ見入りおり菜と肉に火を入れたわたしは

キッチンの魔女のかけたる丸眼鏡、戦前に父のかけしより小さし

グリーンの瞳と大きな手の魔女をわたしの森の中に住まわす

三十年をキッチンウィッチに見守られのんびり屋の子が新妻となる

汝もまたさみしいだろう子の去りてキッチンウィッチをひとつ増やせり

象の鼻のような弓なりの形をしている防波堤の公園

ゆきゆきて〈象の鼻パーク〉先端に立つ束の間の鷗がきれい

秋の日の銀朱色なる夕空へ飛ぶほうき欲し大桟橋に

人間の欲のかたちか観覧車ライトアップをされていたれば

オルガンの鳴り出すような

櫟野寺(らくやじ)の秘仏が待てば上野までゆきて二十の鼻に会いたり

大いなる櫟(いちい)の生木に十一面観音彫りきむかしのひとは

オルガンの鳴り出すような心地して冬の宮跡の旅に発たんとす

草津線など乗り継ぎて十二月はじめの夜に彦根に着けり

あかつきの光は横へ奔りつつ広がりてゆく琵琶湖の上を

ずんずんと彦根の町を歩みゆき琵琶湖の水際に息聞くごとし

彦根城天守が木の間より見えて小(ち)さきことにもわくわくとせり

わが父に若かりし日のあることの謎のごとくに彦根高商

屋上のドーム型なる換気塔講堂のみが昔をとどむ

その高さ五十五尺の瀟洒なる講堂を父は眺めただろう

白ペンキひび割れている講堂の外壁にまた親しみがわく

時計の多い美容院

発色のよき青空だこの下をつまらないわれがコート着て過ぐ

この人と話をすれば身のめぐり極彩色の蝶飛ぶごとし

嫌だって言うことさえも嫌になり美容院ゆけば時計の多し

病院の中待合はどの人もやっとここまで来たという顔

いいですか、やさしい若い皮膚科医が母の眼窩の薄皮はがす

眼帯を買い占めるのは悪いから一個をドラッグストアに残す

何もかも小さい母がかごさげて見え隠れせり百円ショップ

ゴムひもと糸通し買いぷらっぷら母もビニール袋をさげる

花桃の木だから

わが母と娘の集う酉年の正月の家族ふくらみてゆく

降る雪は真白といえどわが母の余力を試すごとし路上に

四世代になる日をわれは待ちており帽子が似合う母さんもまた

夢のなか開くがごとき花桃よ子が子を生むというのも可笑し

母が何かいまだわからぬままなれどわが母の幹のつよさ見ており

花桃の木だから母をわれへ子へ次へ百年(ももとせ)継ぎてゆくべし

体調のよくない娘のＬＩＮＥ(ライン)来て茂吉を閉じて立ち上がるなり

身を起こし座れば楽になりそうと娘に頼まれ座椅子を運ぶ

ヘラクレスのように座椅子をかかえつつ昼の団地の階段のぼる

玄関の娘の夫のスリッパの青に実感す子らの行く末

あとがき

この歌集は、前歌集『春の野に鏡を置けば』以降の二〇一二年冬から二〇一七年の初春まで、四百八十三首をほぼ編年体で纏めた第六歌集である。
先行きの見えない日本に住んでいるわれわれを、ますます強く意識するようになった。そういう中で、日常から詠むことによって、どう生きるのか問われている気がする。心に過ることを、言葉は一瞬なので表すのは容易なことではない。しかし、歌を作ることは、その瞬間をとどめるのだということを、もっと身にしみて思うようになった。
いま振り返ってみると、過ぎてきた時間が歌集のなかに積まれている感じがする。この歌集では、家族のかたちが変わった。会社の独身寮にいた息子が結婚し、その翌年に娘も結婚が決まり、さらにその次の年に式をあげた。世の中のグローバル化が進展して、われわれを取り巻く環境もどんどん変わってきている。自分たちの生きる道をしっかりと選択して、生き抜いていって欲しい。
　そして、近くに住む独り暮らしの母は、昭和二年生まれ。母はこの四月で九十歳を迎えた。小柄で体の弱く、かつて大病したことがあり、しかし今をよりよく生きるために、母なりの楽しみを見つけて我慢強く日々を過ごしてきている。高齢となった母に、かえってずいぶんと励まされてきた。
　この夏、娘に子が生まれようとしている。喜びつつ、無事に生まれんことをただ祈るばかりである。母から子へ有りのままのいのちが継がれ、やがて子が母になっていく。母の存在って何なのだろうと、ずっと思ってきた。長年のその問いの答えはまだ見つからない。花桃の木の薄紅を眺めていると、心の底からほのぼのとする。花桃の花の色に惹かれ、咲くときの意味を求めないひたむきさがいい。歌集の題を、これからの希望をこめてつけた。

二〇一四年「未来」十月号から選歌欄である「花かがり集」が、十数年以上も前からのいくつかのカルチャー教室のメンバーを中心として出発しました。いまは新たな仲間たちが、嬉しいことにさらに増えて、共に学びながら日を重ねていこうと願っています。
　さまざまな作品発表の場を与えていただいた皆様に、感謝申し上げます。「未来」をはじめとして、歌の先輩や仲間たちを本当に有難く思います。この歌集の装幀の片岡忠彦様、ありがとうございました。そして、こまやかにお心づかいくださった角川「短歌」編集長石川一郎様、住谷はる様に深く御礼申し上げます。

二〇一七年六月

中川佐和子

対談

「歌のつくり方」

於・横浜市短歌大会（二〇一七年九月二十六日）

岡井　隆×中川佐和子

中川　今日は、岡井隆さんに「歌のつくり方」について、ポイントを絞ってお話しいただこうと考えております。まず「三十一音のリズムに乗せて」ということです。やはり詩歌ですから、リズムというのが表現の鍵（ポイント）になるところです。そして「どういうところを捉えて」「どう作るか」ということですね。なかなかできないとよく聞きますが、積極的に「作る時間」をどこかで設けていくということが大切です。定型である短歌の、五・七・五・七・七のリズムを生かす、形式を生かすということについて、日本語の本質的なところをお話しいただけますでしょうか。

岡井　古来からずっといろいろな詩形がありましたが、現代まで残ってきたのは短歌と、近世に短歌を土台として発達した俳句の二つ。つまり「五七五七七」と「五七五」しか残っていません。例えば「五七七五七七」というのが旋頭歌。「五七五七七七」というのが仏足石歌。それから長歌。「五七五七五七五七」と続いて「七」で終る。「五七五七七」と簡単に言うけれど、なんで「五」と「七」なんだろう。言語学者がみんな言っていますけれど、日本語という我々が使っている言葉の、すごく基本的な単語というのは「空」「君」「僕」「朝」など二音です。それから「の」とか「は」という全部一音の助詞。そうすると二・二・一で「よこはまの」というように五音になるんですね。それにもう一つ二音を足せば七音にある。不思議に、日本語というものの音が五音、七音を定着させた。「五七七五七七」の旋頭歌や、「五七五七七七」の仏足石歌が滅び、長歌もほとんど滅び、なぜ短歌だけが残ったのか、短歌から派生した俳句だけが残ったのかはわかりません。これはもう歴史的事実です。長い何千年という歴史の中でかろうじて残ってきて、しかも日本語の本質とぴったり合っているのが短歌だということをわれわれは、感謝とともに時々思い浮かべたほうがいいと思いますね。(笑)。

中川　そういうことは忘れてしまいがちですが、大切なところですね。

岡井　「どうやって作るかわかりません。どうしたらいいでしょうか」とおっしゃるけれど、普通に喋っている言葉や使っている言葉を、そのまま感情表現として出せば、日本語のほうで勝手に作ってくれるんです。一日のうちに時間を作るのも大事ですけれど、日本語というものを信用してお預けして、おやりになれば自然にできる。そういう信頼感をもったほうがいいかもしれないですね。

中川　まず「名詞をつかむ、動詞をつかむ」ということであげた岡井さんの歌です。

ひろがれる外界は白き沈黙のあけぼの　眼鏡たたみて眠る

名詞の「眼鏡」、それから「あけぼの」という言葉もそうですが、こういう言葉が入ることによって、歌の輪郭がはっきりとしてきます。そして「眼鏡」というのは日常の中の具体物ですね。そういう物によって心を語る。また「眼鏡をたたむ」という動詞も、とても上手いところですね。その次に「眠る」という言葉がきていますので、これは正に名詞と動詞の取り合わせの巧みさ、仕事か何かを終える充足感のようなものも入っている歌だと思います。

岡井　これは、朝まで何かをやっていた時の歌ですね。もう、滅多にそういうこともなくなっちゃったけど(笑)。

中川　「眼鏡」というのは、日常の断片の具体物ですが、それを「たたむ」と言った時に、そこで何かを終えるということがくっきりと浮かびあがってくると思うんです。そして眠りに入っていくという動きが出ていて、そこに心が添っている歌だと思います。名詞や動詞を例にしましたが、言葉を摑んでいくというのはこういうことですね。

岡井　そうですね。「たたみて」あたりがこの歌のなかの焦点かもしれませんね。

中川　それと、序詞(じょことば)のように使われているとも言えます。序詞というのは、和歌の修辞のひとつです。この歌の中では言葉がずっとつながっていくんです。「ひろがれる外界は白き沈黙の」と言って「あけぼの」という言葉を引き出しています。多分「沈黙」という言葉は外界の一つひとつが静であって、その静かなものが外界に集まって、「沈黙」という言葉を呼び出しているんです。そして「あけぼの」の時間というものがそこにある、そういう歌だと思います。一字空けているのがポイントですね。

岡井　私は勝手にやっていますけれど、あまり気にしなくてもいいんですよ。「あけぼの」と「眼鏡」をくっつけて書いたって、読み手の方に間をちょっと空けて読んでいただければかまわない。

中川　次は、岡井さんの展覧会の歌です。

　　等伯を観て出でてくる人たちの顔を見ながらわれら入りゆく

岡井　音楽会を聴きに行ったり、展覧会に行って、その時の歌を作るにはどうすればいいですかという質問があります。難しいと言えば難しいですね。これも「等伯」という人の名前でしょう。「等伯の絵」とも言わないで名前を言っただけで「等伯の絵だよ」というのですから、かなり強引と言えば強引。「ゴッホを観に行った」と言えば「ゴッホ」という人名を誰も考えないのと同じです。そして「観て」というのに「観」という字を使っていますけれど、これもそれなりに気を使っていてね。

中川　工夫されているわけですね。

岡井　鑑賞したということです。

中川　表現としては、「展覧会を観に行く」とは言わないで、ちょっとずらしていらっしゃるわけですよね。

岡井　そうですねこれから自分たちは観に行くんです。もう観終わった人たちが出てくる。それとすれ違う。どんな人が観に行ったのかなと。こちらにも関心があるから。「見ながらわれら入りゆく」、「われら」というのは、私は家内と二人で行ったものですから二人ということですけれど、仲間で一緒に行ったということでもいいですよね。

中川　ここは「等伯」という固有名詞を最初に出しています。等伯は「松林図屏風」などで知られている長谷川等伯です。初句で何を出すかによって、歌ががらっと変わってくると思います。

岡井　その時に「等伯の○○という絵を観て美しかった」とか「リアルだった」とか「あんまり面白くなかった」とか「よくわからなかった」とか、そういう内容的なことを、感想を自分で述べる詠い方もあります。でも私は、そういうことを一切やらないで、向こうから出てくるのを見ながら入っていった、という歌を作りました。「等伯を観ました。等伯はこうでしたよ」という歌ではありません。

中川　芸術性の高い絵への期待感というのが非常に巧みに出ている歌だと思いますね。

岡井　特に絵の場合、内容まで踏み込んでというのは難しいですね。

中川　次は動詞の歌です。最初に名詞の二音ということが出ていましたけれど「本」ですね。本は回りにいっぱいあって詠み易いようで意外と難しいです。岡井さんの歌、

読むつもりで買ひ込んだ本いつのまにか消えて行くほかの本に食はれて

この「食はれて」という動詞がなかなか出てこないです。かつて買い込んだ本がいつの間にか積まれた他の本の下になってというような形で詠むことはできるかもしれませんけれど。

岡井　そうそう、そういう意味です。

中川　非常に実感に即しているのですが、この「食はれる」という動詞のうまい使い方をしていると思いますね。

岡井　「餌食になる」とかそういう意味でよく使うと言えば理由があるのですけれど、これも大きく分ければ比喩表現の一つです。

中川　これは、本をまるで生きている人間のように表現している。擬人化です。

岡井　そうですね。本が食べ合いをしているわけです。ついでに言うと「読むつもりで」が六首、「いつのまにか」が六音、「消えて行くほかの」で八首。みんな一音ずつ字余りなんです。さっきの「五七五七七」の話につながりますが、字余りをどのくらい気にするか気にしないか。私は、戦後のこういうことをわりと気にしない時代に歌を作り始めたものですから、あまり気にしない。それよりも、自分で「読むつもりで買ひ込んだ本いつのまにか」と朗読した時に、あるリズムが出ればいいという考え方です。たしかにこれは「食はれて」というのが大きいですね。

中川　この動詞が大きいですね、歌集の巻頭歌で、『銀色の馬の鬣（たてがみ）』を開くとこの歌が出てくるんです。インパクトのある一首だと思います。「本」を詠う時というのは平板になりやすいですが、これは、何の本かということは言わず、「読むつもり」という入り方をして、「いつのまにか」とさらっと詠われています。

岡井　次の尾崎左永子（さえこ）さんの歌はどうですか。

中川　
木の椅子の音立ててわが立ち上る孤りなる
時を断つ如くして

この歌も「断つ」という言葉がすごく印象に残るんですね。「断つ」という意味の強い動詞が、作者の心象を端的に表している。

岡井 これは作歌や読書など孤独な自分自身だけの時間をとっていたのでしょう。その孤独な時間をここで終わりにしようという気持ちで立ち上がったというんだね。「立てて」「立ち上る」「断つ」みんな「た」という字がある。これは音韻的でわざとやったわけではなくて自然に出てきたのだけれど、「時」の「と」もあるし、T音が多く、面白いですね。自然に作られているけれど、頭のところである種の韻を踏んでいる。同じ音になっていますね。

中川 そして、これは「木の椅子」というところがひとつの読ませどころではありませんか。

岡井 そうですね。「木の椅子」で、スチールではない。ソファーでもない「木の椅子」だということは、やはり、ある感情でしょうね。

中川 それでは、次に「初句と結句」に入ろうと思います。初句については「なるべく軽やかに踏み出すように」とよく言われます。初句が一首のイメージを作り出すということがあるんです。

ひと時の眠気に耐へて書かむとす記憶にひそむ魔ものらの声

面白い歌ですね。岡井さんの『静かな生活』の一首です。これは、魔物が岡井さんの記憶に棲んでいるんですか?

岡井 『静かな生活』というのは、ふらんす堂という本屋さんから、「一年のうち一月一日から十二月三十一日まで、一首ずつ歌を作れ」という依頼がきました。この「ひと時」の歌にも詞書がついて日付けがあります。この「魔もの」、記憶の中には嫌なものがいっぱいあるじゃないですか。そのことについて書こうとしていますよという、書く内容のことを言っているんです。

中川　潜んでいる魔ものらの声を聞こうとしているのですね。

岡井　広く言えば比喩ですね。「記憶の中のいろいろな事柄を思い出しながら書いていますよ」というのがごく平凡な言い方でしょう。そうではなくて、あの中に魔ものみたいなものが入っていて、嫌なことをいろいろ言うじゃないですか。夢なんかみんなそうですね。それを「魔もの」という比喩で表しています。

中川　この歌は「ひと時の」という実にさりげないところから入っていって、最後に「魔もの」が出てきます。結句はいってみれば着地。そうすると、初句はこの歌ではジャンプ台のようなものと考えていいのでしょうね。

岡井　初句と結句って、すごく大事だと思います。でも、作っている時というのはみなさんもそうでしょうけれど、そんなに意識しないで作って、後から、どうも落ち着きが悪いなと思うわけです。最初の五音をどういうふうにして、最後の七音をどういうふうに持ってきて締めるか。それが大事だということは、添削をして直したり推敲して直したりする時に思います。初句を軽やかに出るなら、内容を暗示させるような出し方をしていって、最後の結句でびしっと決めるということもあります。

中川　そうですね。

岡井　それは、直していく段階で考えていきます。

中川　たしかに、語順を替えたことによって一首の濃度が変わることがあります。

岡井　はい、そうですね。

中川　ですから、上手く作れないと思った時には、結句の位置を替えてみるとか、そういうことが必要ですね。

岡井　中川さんは、かなり手を入れますか？

中川　手を入れる歌と入れない歌があります。

岡井　原稿用紙に最初は書くんでしょうけれど、いよいよそれをある雑誌に出すという時に手を入れますね。そして、いよいよ歌集にまとめようということになると、さらに気になるところに手を入れたり、入れない場合もあるでしょうけれど、いろいろおやりになるでしょう。

中川 気になるときは手を入れますね。メモ書きをして推敲していく時に、最初の歌はやっぱり残しておきますね。残しながら直します。上書きということはしません。

岡井 そうそう、ワープロを何年か使ったことがあるけれど、全部消えちゃうんだよね。残しておいたほうがいいような気がする。

中川 結局、いちばん最初に戻ったりすることがあります。

岡井 中川さんの

春の野に鏡を置けば古き代の馬の脚など映りておらん

という歌は、映っているであろうという想像であって、普通は春の野原に鏡を置くなんていう行為をやらないわけだよね。もし、鏡を置いて見れば、昔の古代の馬の脚などもひょっとすると映っているのではないかと、これは想像の歌です。

中川 そうです。ふっと思ったんです。春の野原を横切ったのは事実です。

岡井 歌集の題になさっているのだから、自分としては作った時の記憶がかなり強く残っているのでしょう。

中川 古の時間が野原にふっと立ったような気がするというのが、自分の中で不思議だったので、それを歌集の題にして残しました。

岡井 春の野を行きながら古代の馬の脚のことなんて、普通は考えませんよ(笑)。何か、読んでいらっしゃったものの影響があるのかな。

中川 『万葉集』のあたりかもしれません。無理して何かを作り出したというわけではなくごく自然な一首でした。

それでは、次の「口語・文語」にいきたいと思います。

あゆみ来て老いらくの身は山ぎしの青葉の
なかにとぷりと入りぬ

斎藤茂吉の『つきかげ』の歌です。面白いうたですね。「老いらくの」という名詞、「とぷり」という擬態語があります。

岡井　「老いらく」は文語ですよね。「とぷり」だけがオノマトペです。青葉の中に自分の体が入っていったということを「とぷり」と表現されています。「とぷり」というと普通はお風呂とか思いますが、水に関係する言葉をわざと使ったんだね。そういうところも面白いです。

中川　辞書にもあるのですが「老いらく」は「老年」という意味の言葉。こういうかたちで使っています。昭和二十九年に刊行された遺歌集です。

岡井　これは、東京に帰って来られて、お宅のあたりを散歩なさったりしたんでしょう。僕は一度だけ茂吉さんにお会いしたことがあるんです。僕の父親が茂吉さんの弟子だったものですから。その時の僕はまだ旧制高校の学生で、十代の終り頃です。とてもはきはきしていました。だから「とぷり」くらいのことは言うんじゃない。

中川　それでは次に、

自転車に空気を入れてゐる男　行く所（とこ）があるつていいことだなあ

岡井さんの面白い歌ですね。先ほどの『静かな生活』からです。これは、旧かなでそして口語の歌。

岡井　そうですね。行く場所とかでなくて「行く所（とこ）」というのが口語ですね。「あるつて」もそうだし「いいことだなあ」もそうですね。「自転車に空気を入れてゐる男」までは普通の言葉で、言ってみれば下の句を口語にしたということです。

中川　通りがかった時などに、目にした光景ということでしょうか。

岡井 自分の気持ちとしては「俺には今日行く所なんてねーや。あいつはいいなあ、まったく羨ましいよ。俺なんか、全然行くところがないんだ」という嘆きを込めているつもりなんです。

中川 これを文語で言ったら「行く所あるはよきことならむ」となり、全然違いますね。

岡井 違っちゃいますね。

中川 何かが違ってくるんでしょう。気持ちの動き、軽やかさでしょう。

岡井 口語と文語の面白さというのは、ひとつは句跨りができた。到底入らないような言葉も加わってきた。

ハンバーガーショップの席を立ち上がるよ
うに男を捨ててしまおう

そうするとね「ハンバーガー」までは入るけど、「ハンバーガーショップ」までは句跨りと言って、最初の五音と次の七音まで引っ掛けていかないと入らない。この句跨りを堂々と一般化したのが俵万智さんです。

中川 カタカナが多くなってきましたから、そういう歌がどんどん増えています。

岡井 そうそう。「ハンバーガーショップの席を立ち上がるように男を捨ててしまおうね」という普通の会話の言葉だと、五七五七七の中に入らない。それを、句を跨っても構わないんだということを、俵さんが実作によって示しましたね。

中川 そして一首でみれば三十一音というのが多いですよね。

岡井 そう、みんなが一斉に真似し始めた（笑）。今の若い人は句跨りなんてへっちゃらですよ。短歌というのは、そうやって作ってもいいんだと思っている。だから、口語・文語の問題というのは句跨りの問題を挟んで、俵万智さんの出現と同時に。到底五七五七七には入らないような言葉さえ入れる時代になった。

中川　それは、口語の使い方が変わってきたということですね。

岡井　八十年以降というのは、短歌にとって別の時代になってしまいました。

中川　その時の口語と今の口語とは、やっぱり違うんです。「我」、「自分」の消し方が違ってきて、今はそこを詠わない形が多いです。

岡井　そうですね。詳しく説明しないでばんばん口語を使う。要するに我々が話している時というのは、うんと省略するじゃないですか。あの省略語法で歌を作ってしまっているからね。奥さんのことを言っているのか恋人のことを言っているのか、友達のことなのか、それとも自分自身のことだけを言っているのかということを全部省略していて、我々が普通に会話をしているのと同じような歌、そういう時代にきましたね。

中川　「他者が消える」ということがありますが、一首の文脈がとれないんです。

岡井　そうですね。

中川　そういうところが、今の歌の持っている問題ということであるのかもしれません。

岡井　「省略」というテーマにも関係があるかもしれません。

中川　口語で詠うとどうしても字余りになることもあるのです、どうでしょうか。

岡井　句跨りで逃れるか、それでなければ、やっぱり省略でしょうか。五七五七七は五七五七七に収めなきゃいけない。どこを省略するかというのが大きいですね。

中川　次の岡井さんの歌にいきます。

　語りつつ妻と散歩する夜の街を無灯自転車
　もの言はず来る

これもやはり「無灯自転車」という名詞が、この一首の読ませどころですね。「無灯自転車」というと、何か時代の怖さとか押し付けがましさとか、言い難い嫌な感じが出ていると思います。これはそのまま、無灯の自転車がそこを通ったととってもいいですが、比喩的にとってもいい歌だと思います。

岡井　そうですか。これは、省略は特にないかな。僕のこの歌の場合、本当に「無灯自転車」だった。危ないなと思う感じを「もの言はず来る」としました。でも、今あなたがおっしゃったように、これを比喩というふうにとれば、怖いものが向こうからやって来るということになります。

中川　そうです。多義的にとれます。

岡井　とれなくはないね。これを作った時には、むしろ、そういう意味ではないんですね。

中川　歌でこういうふうに「もの言はず来る」とは収めないで「ものを言わずに来てどうだった」ということをつい言ってしまいます。何か嫌な感じがしたとか「怖く思へり」とか、くっつけたくなります。そう詠まなかったところが、この歌の省略で巧みと思うんです。次の歌は小池光さんの『山鳩集』からです。

冷蔵庫の中に女が棲んでゐて扉(ドア)あいたまま
よなどとときに言ひかく

岡井　僕はこれを読んでね「そうか、冷蔵庫の中に小池さんの奥さんがいるんだ」と思ったんだけれど、今はそういう冷蔵庫があるんだって。

中川　そうなのです。

岡井　冷蔵庫が、そういうことを言うんだね。僕はそういう冷蔵庫を知らないものだから、「へえ、そうか、小池君の奥さんは冷蔵庫に棲んでいるんだ」って思った（笑）。僕が今、使っている機械ではクーラーがそう。全部言ってくれる。

中川　そうですね。

岡井　押すとね、「外の空気が何度で、今、一時間のタイマーを設定しました」とかね。全部僕に、上から教えてくれるわけですよ。電気の機械が全部そうなっていますから、冷蔵庫がそうなっても、ちっともおかしくない。でも、この歌だけ読んじゃうと「女が棲んでゐて」というのが、これを発声している人間が本当にこの中にいるように思うね。「扉あいたままよなどとときに言ひかく」なんて、そういう仕掛けになっているよということではなくて「女が棲んでゐて」という比喩的な物語がそこにひとつできたわけだから。作者の作意はともかくとして、僕のほうとしては想像をたくましくして、女の人が入れるんだから、よっぽど大きな冷蔵庫だろうなと思ったとしても、読者の勝手じゃないですか。

中川　どう読んでもいいということですよね。この歌は面白いだけではなく、ユーモアをまぶしながら、やっぱり現代的な怖さを突いている歌だと思います。機械音ですもの。

岡井　若い人はへっちゃらなんだろうけれど、我々はそういうものを感ずるね。

中川　そんな違和感とか、だけど哀感があって、こういう現代的な切り取り方の歌というのはなかなか面白いです。「これは冷蔵庫で女の人の声がするようにできていて」なんて説明したいところですけれど、それを言わないで「女の人が棲んでいる」と詠んでいるのです。

岡井　いろいろ面白いことを想像しなさいよ、物語がここにあるんだよ、ということでしょう。単に、仕掛けのある冷蔵庫の話をしているのではないと思うんです。

中川　省略というか、そういうことを言わないことによって多くを語るというのが、短歌の特徴かと思います。

岡井　そう言われてみると、このあいだもたくさんの人の歌を読んだけれど、若い人の歌は省略が多いですね。読者に想像させる。そして、とんでもないことを想像してもいいよという、想像させる面白さを喜んでいる感じがします。

中川　そういう歌は言葉と言葉がどこかイメージとして重なったり、イメージがイメージを引っ張り込むようなかたちであれば想像できます。けれど、あまりにも飛躍しすぎている歌だとなかなか無理ですね。

岡井　そういう意味から言っても、いい歌が持っているリズムとか、イメージ、それがないとだめですよ。

中川　言葉で表現するから、言葉のイメージとか意味を大事にするということですね。

次は「比喩の歌」ですが、梅内美華子さんの歌です。

房総の春のひかりを髪に挿し海からあがりしように歩めり

美しい歌ですね。私は、西洋の絵画「ヴィーナスの誕生」とか、モネの「日傘の女」をふと思ったのですが、どうでしょうか。

岡井　これはご自身のことを詠っているのでしょう?

中川　もちろんそうです。

岡井　「ように」というのは直喩ですよね。房総の春の光を髪に挿して海から上がった一人の人間。その人間に、まるで自分がなったように、海沿いの道を、あるいは砂浜を歩いているんじゃないかと想像しました。次の中川さんの歌にも「ごと」とあって、みんな直喩ですね。これを全然出さない隠喩の歌もいろいろありますけれど、「ごと」とか「ように」という直喩は隠喩よりもわかりやすくていい。言語学の学者がみんな言うんだけれど、「ごと」とか「ように」という直喩というのは後からきたんだそうです。言葉の最初は隠喩のほうが多かった。原始人はみんな隠喩で喋っていたのが、だんだん言語が進歩してきて、説明するようになったそうです。「ように」とか「ごと」というのは頭が働いている説明の言葉なんですって。

中川　そうなんですか。

岡井　隠喩のほうがね、原始的なんだそうです。

中川　

紙という紙を騒がせ扇風機貴人(あてびと)のごと仕事場に立つ

私の『花桃の木だから』の歌ですが、そうすると比喩の歌というのは、どこがいちばん大事なんでしょう。

岡井　「紙という紙を騒がせ扇風機貴人のごと」、直喩はこうなんですけれど、隠喩で言うと「紙という紙を騒がせて一人の貴人が仕事場に立っていますよ」というふうになるんだね。「扇風機」は省略しちゃって。そして、何の話をしているかと言うと実は「扇風機」。それは後からで、隠喩の場合は「扇風機」をそこに入れないで、「貴人がそこに立っていますよ」と言っちゃう。

中川　それが隠喩ですね。

岡井　この「貴人」なんていう言葉は貴族階級の上品な女の人。和服を着ているんじゃないかと思います。そういう想像をいろいろとさせる「貴人」というのも、先ほどの話で言うと文語的な歌ですね。

中川　そうですね。「身分のある人」とか「上品な人」という感じです。

岡井　この場合の「仕事場」というのは、どういう所を想像すればいいですか？

中川　私の場合は、NHK学園のフロアーでした。それでは次にいきたいと思います。短歌の場合、色彩というのが心情を表わすことができるんですね。「色彩をいかす」ということで、ここに一首挙げました。

駅出でて見上げて青い傘させば帰り着くべき場所のはるけさ

岡井隆歌集『X（イクス）』からです。「青い傘」というのは、現実に青い傘であったということもあるかもしれませんが。

岡井　これは、想像の色ではなくて本当の青い傘なんです。

中川　紺色か青か。その色の選びというのは、言葉を含めてどういうかたちで選んでいらっしゃるんですか？

岡井　僕は青っていうのが好きで、この「青」という字を使ったり、「蒼」という字を使ったりしています。「帰り着くべき場所のはるけさ」というのは、駅を出たのだけれど、さてこれから家まで帰らなきゃいけないとか、ある場所まで行かなきゃいけないとか、ずいぶん遠くまでこれから行くんだなということを入れたんですね。これが色彩を入れた歌の代表的なものになるかどうかわからないけれど、色というのはすごく大事です。

中川　大事ですね。

岡井　このあいだも、若い人の歌を見ましたら、色はみんな使っていますね。白でまとめよう、赤でまとめよう、青でまとめよう、あるいは黒でまとめようとずい分苦労して、そのことだけで、自分の作品は色でものを言うんだというくらい色に力を入れている人がわりといました。

中川　それは、色で存在を出しているんでしょうか、それとも色で心情を出しているんでしょうか？

岡井　感情でしょうね。「孤独感」というようなことになると、やっぱり黒とか青とか。赤などはやや派手でしょう。でも恥ずかしさといったものも含められたり、あるいは血の色だとかね。

中川　熱情などもですね。青って不思議ですね。好感度が高いということもありますけれど、落ち着いた色という感じがします。

岡井　歌のつくり方として、邪道かもしれないけれど、締切りが近づいて出さなきゃいけないという時に、みなさんも苦労なさるでしょう。そういう時に自分の今日やったこと、今日の仕事の話、今日の感情、これを正直に述べなきゃならないなんて頭に描いてペンを持って原稿用紙に向かうとね、苦しいじゃないですか。それをやめて、「よし、今日は赤でいこう。赤の歌を作ってやれ」というくらい気楽に考えたらどうですか。「黒の歌を作ってみよう」となれば、まず「黒」と書いて辞書などを引いてみる。そうすると黒に関係のある言葉がいっぱい出てくるでしょう。

中川　それは、一種の題詠ということですね。

岡井　そうです。赤でも青でもいいです。要するに、今日は自分の感情を詠わなきゃいけないとか、生活を詠わなきゃいけないなんて緊張しちゃうと、なかなか歌が出てこないじゃないですか。そこで、ややインチキくさいけれどおすすめできるのは、今日は鳥なら鳥の歌を作ろうと。鳥なら黒だからね。あるいは菊の花の歌を作ろうと、自分の感情を使うのではなくて、題材、テーマを先に決めちゃって、それについての参考意見を辞書その他のあちこちから引っ張ってきて、それで歌を作る。

中川　これは、最初にあげた、どう作るかということと結びついてきますね。

岡井　そう、どう作るかという時、妙に緊張していい歌を作ろうなんて思わないほうがいいです。「今日は鳥の歌を作るんだ」くらいの気楽な気持ちからはじめると、けっこういい歌ができたりします。

中川　たとえば、何か物を見た時にその色を使ってみる。

岡井　色はとてもいいと思うなあ。僕らは、歳時記や、近代から現代までの歌人たちの名歌集のようなもの、色名帳というものも必ず持つようにと先生から言われていました。実に細かくいろいろな色があって、英語の名前と日本語の名前が出ているわけです。その名前を見ていると、非常に驚きのある名前がありますね。これを使ってちょっと歌を作ってみるのもいいです。もちろん樹木事典、草花事典、野草事典、野鳥事典、昆虫図鑑もいいですね。

中川　そういった事典などを持っていて、何か一つで作ってみるという感じでいいんじゃないでしょうか。そして、何か見た時に見逃さないということでしょうね。

岡井　その辺の野草を見ている時でも、単にぼやっとした目で見ているのではなくて、なびき方がどうとか、色がどうとか、そろそろ枯れてきたとかを見ていなければいけません。

中川 自然の変化をよく見る、そういうことですね。そして、最後に推敲のことだけ、少しお伺いします。推敲の時に気をつけることってどういうことでしょう。

岡井 推敲というのは、自分で自分の歌を直す時のことですけれど、僕は一行に書いた中のことばを書きだします。そしてそれらについて、頭の中に浮かんでくるいろいろなイメージを書いていきます。

中川 浮かんだものを、まず言葉に変えて書き出すということでしょうか。

岡井 そうです。よく、語彙、ボキャブラリーということを言いますね。ボキャブラリーがある程度豊かでないと、歌はできません。

中川 辞書を開いて作る方もいらっしゃいますね。

岡井 辞書はね、うんと引いたらいいですよ。

中川 よく質問がありますが、特別な辞書はいりませんね。

岡井 それからもうひとつは、アンソロジーです。アンソロジーを見ると、明治時代からの名歌が全部あります。あれをパラパラッと見て、あれ、こんな歌があると思ったら写してみる。自分の力でボキャブラリーが貧困だなと思ったら、よそ様の力を借りたほうがいい。アンソロジーや名歌集のようなものを見て、そこからうんとつまみ食いをするんだね。つまみ食いをして、それを自分の歌のところに当て嵌めていくくらいのことをやっていくほうがいい。僕は、しょっちゅうやっています。そして、原典は人にあまり言わないの（笑）。

中川 大事なのは好きな歌を引くということでしょうか。

岡井 そうですね。

中川 今日は、いろいろなお話をうかがうことができました。作歌のヒントになるかと思います。

岡井さん、ありがとうございました。

岡井　ありがとうございました。

（「短歌春秋」一四五号、二〇一八年一月）

歌論・エッセイ

夏雲の歌へ

――河野愛子没後30年

河野愛子は、大正十一年に生まれ、昭和を生き抜いて平成元年に亡くなった。振り返ってみると、没後三十年が経った。河野は、最初は結社誌「高嶺」で学んで、戦後に「アララギ」に入会し、土屋文明、近藤芳美に師事した。「未来」創刊に参加して、岡井隆に文学的な大きな影響を受けた。河野は、若くして結核となって、歌を生きる「よすが」としたという言葉を「未来」に記している。

私が最初に出合った河野の歌は、書店で購入した、国文社刊行の文庫の歌であった。情感のあふれる詠みぶりにひかれた。それは、私が二十代半ばのことだった。その本は、私の本棚の決まったところにいつも大切に置いてある。私の祖母と叔母が「女人短歌」に所属していたので、短歌を作ることはそれほど特別なことでなかった。驚いたことに、河野は、私のどこかに出した歌を読んで突然電話をかけてくださった。「私のところに歌をお出しなさい」と言っていただいたことが忘れ難い。「歌は、紙と鉛筆があればいいのよ。歌はできます」ときっぱりおっしゃった。本の世界と現実の世界が、一本の電話によって結びついた。私が「未来」に入会してから、電話だけでなく、葉書をもらった。葉書に、「存在感のある自分の言葉を見つけなさい」、そしてあるときは「孤独に歩むのですヨ」と記されていた。そういう言葉は、どういう意味なのだろうかと、今になってもずっと考えている。「孤独に歩む」という言葉は、華やかな河野から想像できなかった。

恋多き女性で、代表歌として知られているのは、次の歌である。

　草原にありし幾つもの水たまり光ある中に君帰れかし

この歌は第一歌集『木の間の道』より。結句に「君帰れかし」と、自らの気持ちをおさえながら、遠近感のある草原の映像に、恋の情感をとけ込ませる。

昭和五十七年刊行の『河野愛子歌集　一九四〇〜七七』には、初期歌篇「ほのかなる孤独」、第一歌集『木の間の道』から第四歌集『鳥眉』までの歌集、補遺である「夏草」を収録。

「ほのかなる孤独」より歌をあげよう。

やがて吾は二十となるか二十とはいたく娘らしきアクセントかな

故無きにこの数日を目とづればヴィーナスの唇の近く浮くかも

入りて来しうす暗き部屋にガーベラの暗示めきたる赤さがありぬ

足組みゐてさもさりげなくマッチ擦る手つきを見ればほのかに妬し

我がなせるしぐさにいたく嫌気さしやや放縦に身をあつかへり

若さにあふれ、独特な感傷的な詠みぶりである。一首目の「二十」となる歌は、実にのびやかである。二、三首目「ヴィーナスの唇」や「ガーベラの暗示めきたる赤」など言葉を大胆に選び取っている。四首目は、「ほのかに妬し」という意外な展開を見せる。

河野は、やがて愛恋の歌を、情念で美しく纏めず、性の方踏み出し個性的な世界を拓いていった。やはり、それはリアルな感情でもあったが、時代の表現に苦しんだ河野を見るべきだろう。強い好奇心を持っていて、新しい表現に敏感であった。

夏至のひかりかすかに暗くあらしめてヘアピンは落つこころ葬らむ　『黒羅』

こういう歌に思わず立ち止まってしまう。「夏至のひかり」のなかで「こころ葬らむ」と、言ってのける激しさ。忘れるのでなく、自らの心に死を与えるのである。「ヘアピン」が落ちたことをひとつのきっかけにして、心が動く。感情が先に走るタイプで、感情を葬ってしまおうとする。そういう情念の深さの魅力にたじたじとなる。

一息に桜花のふぶく十余本かかる最期をたまへかし天
苦しみの時堪へがたき昼すぎて夏雲動かぬ空を見むとす

河野にとって、若い頃から死は近いところにあった。

桜の花に重ねて、自らの美しい滅びを天へむかって望む。人は死ぬ前にどのような景色を眺めたいのだろうか。河野は八月九日に世を去った。苦しみの時間が過ぎて、夏雲を眺める時間が、豊穣であったことを私は願ってやまない。

（「現代短歌」二〇一九年九月号）

土屋文明『山下水』
――秘蔵の一冊

私の本棚の目につくところに仕舞って大切にしている本がある。この土屋文明の『山下水』もそういう中の一冊で、神田神保町の小宮山書店で求めた。歌集の装幀はごくシンプルで二百三十三頁、第七歌集である。奥付をみると、刊行当時の定価百五十円、昭和二十三年五月十五日刊行で、出版社である青磁社の住所として、東京都千代田区神田三崎町と札幌市南八條西五丁目、なんと二つが記載されている。

文明の編集後記には、「昭和二十年五月二十五日の戦災に焼失した東京青山を見すてて群馬県吾妻郡原町にはひり込んだ以後昭和二十一年末までの作品である。」、「今度は張間喜一君の骨折で富士宮の後藤清吉郎氏手すきの日本紙を表紙に用ゐることにして貰つた。」と記されている。「見すてて」とか「はひり込んだ」という言葉がなまなましい。文明のまわりの人たちの尽力によって刊行となった。

この歌集を開くたびに、「戦中戦後」と歌を作っていた人たちを想像する。どのような思いで歌を作っていたのか、どのような題材に心が動き、どのようなときに歌がうまれたかなど、そして、リアルタイムでこの歌集を手にした人はどんな思いだったのか。

土屋文明記念文学館編『歌人　土屋文明』（塙書房刊）に、吉田漱が「山下水　疎開地吾妻」を執筆している。その中で「吾妻郡原町（現、吾妻町）川戸は、文明のふるさと保渡田（ほどた）からいえば、あいだに榛名山山頂を挟んで、ほぼ対称点になり、遠く長野県境から流れてくる吾妻川に沿う」と記す。当時の町長大川正氏の家の部屋を借りることができて、文明は六年半ほど暮らした。家の裏山の斜面に土地を借りて開墾し、畑作りもした。

文明の住む川戸に詠草を送った「アララギ」会員のひとりに、私の師河野愛子がいた。戦後、食糧も物資も乏しく生活も厳しく、そういう中で河野は、結核となって、新しい時代を生きる「よすが」として歌を作っていた。今と如何に違うことか。

ひねもすに響く筧（かけひ）の水清（きよ）み稀なる人の飲みて帰るなり

朝々に霜にうたるる水芥子（みづがらし）となりの兎と土屋とが食ふ

浅葱の群がる萌に手を触れて春ぞ来にける春ぞかへれる

にんじんは明日蒔けばよし帰らむよ東一華（あづまいちげ）の花も閉（と）ざしぬ

平成二十五年に、ＮＨＫ学園の学習の旅に「近代歌人のふるさと　土屋文明と若山牧水を訪ねて」に、私も同行し、文明の生地保渡田や川戸をわくわくしながら訪れた。文明に会いに川戸に来て、この「筧の水」を飲んだ人が当時いたようだ。われわれの旅の折に「筧の水」を口にすることができて、文明の住んでいた当時と繋がることができたように感じられて、実に嬉しいひとときで、この歌集がますます大切に思えた。

（「現代短歌」二〇一九年八月号）

未来の創刊号
――「実験舞台」としての出発

今年六月、「未来」は創刊六十周年であった。今年六月号は本文二〇六ページ。「未来」創刊号は昭和二十六年六月十日の発行、十七ページである。昭和二十六年には、編集発行者は近藤芳美と記されている。昭和二十六年には、「未来」は六月に創刊号、八月、九月、十一月につぎつぎと発行された。創刊号の「後記に代えて」に近藤芳美は次のように述べる。

「新泉」休刊後、何人かの若い友人から之に代るものを持ちたいと云う事をしきりに望まれた。（略）やるのなら清新な同人雑誌にしたい。短歌雑誌の因襲的なぐさみだけは気をつけて排除して行きたい。会員の大半は二十代の人々である。僕は未知な若さを期し、この雑誌の性格が小さな実験舞台である事を、も一度くりかえしたい。

近藤がここに述べたように、若いひとたちの集団、同人雑誌、「小さな実験舞台」というのが大切なところだ。「新泉」(昭和二十一年二月から二十四年七月まで発行、近藤芳美は選者のひとり)は、関東アララギ会誌のこと。近藤は「歌を作るためには、出来るだけ孤独の位置に居、冷酷な立場に居なければならないと考えて居た」とも記す。このように揺れながら、「未来」の出発があったのだ。

岡井隆は、小高賢を聞き手とした『私の戦後短歌史』(平成二十一年、角川書店刊)にて初期「未来」を次のように述べる。

細川謙三さんたちの『芽』のグループと、それから関西の『ぎしぎし』『フェニクス』といった、若いアララギ層の合体です。」そして、(「新泉」について)「それが経済的な理由でなくなることがわかっていた。そこには河野愛子さんなどが投稿していました。それに結核療養所に集っていた歌人たち。

そういう若い歌人たちの集まりであった。そして、杉浦明平と高安国世も積極的に助けてくれるということが、新しい雑誌発行の決心を促したということも、「後記に代えて」に近藤は記した。杉浦は、創刊号に評論「永遠性とは何か」を書いている。目次をページ順に書くと、杉浦明平「永遠性とは何か」、三十九名の作品、吉田漱「『連山』を読みて」、岡井隆「毒」、細川謙三「童話への条件」、湯村永子「マチス展便り」、近藤芳美の「後記に代えて」。その中の杉浦の三ページ半の文章の「永遠性とは何か」は熱気にみちている。少し書き抜こう。

歌の内からつきぬけることは、作者の生活そのものがこの暗いうつとうしい社会を突きやぶる確信の下に展開されなければなるまい。そしてそのためには永遠性より何よりも、今、われわれに「永遠的」に見える日本的卑屈さや非自主性とたたかうことが必要だ。短歌の世界でもそれなくしては、いかなる文学的形象化もありえないだろう。

近藤はこの創刊号を「友人らによる若々しい船出を自ら祝い、僕ももう一度元気を出してよい作品を作ろう。」と締めくくる。「創刊号」の作品を掲載順に選び出してみよう。

奔放に生くる空想も怡しくて今日母にもつ小さきいつはり　真下清子

地下酒場に指白き君を伴ひつ酔ふ丈の互を曝さむとして　細川謙三

性明るき弟と較べられながら母を笑はすためのの仕種よ　岡井　隆

古めかしき悲恋の映画に心よるも我を侘しみし一日の果　吉田　漱

貝がらの音に釦が触れて鳴る夜となりて赤き上衣はさびし　黒田陽子

藻の如くコスモスの葉の繊き傍へ心君の如くは割り切れずをり　河野愛子

降りすぐる北国の雨さだめなく地溝の断層をさがし行く今日　近藤芳美

帯紅き舞妓人形を手に受けてわが病める日の恋過ぎむとす　相良　宏

ひといろの坂の曇りの見ゆる路地登りつつわが持つリルケの「果樹園」　我妻　泰

手術前には焼捨てるべき文二通枕辺に置きて折々に読む　上野久雄

警笛を鳴らし弾薬庫過ぐる時我は我が言葉低く叫びぬ　金井秋彦

病弱のゆゑに遺りし我が過去と幼き個人雑誌四五冊　高安国世

六十年という歳月が流れたが、創刊号の「実験舞台」という言葉を大切にしてゆかねばならない。

（「歌壇」二〇一一年一二月号）

佐佐木幸綱の一首

——歌集『ムーンウォーク』より

日本の歴史という大き物語近藤さんは信じつつ逝けり

『ムーンウォーク』

近藤芳美は大正二年（一九一三年）に生まれた。今年はその生誕百年にあたる。この歌は、二〇〇六年六月二十一日に逝去した折の追悼歌である。「うたかたびととなり給うなり寝際（いねぎわ）に起こされて聞くその午前の死」「雄ごころを述志を言いて頷き合いし四十年前のモノクロの顔」というのもこの一連「選歌食」に入っている。

ここにあげた歌の読ませどころの「日本の歴史という大き物語」とは、何であろうか。

船舶工兵として戦争に行き、揚子江上訓練中に傷を負って、やがて船中で喀血して帰還した近藤が見ていたのは、常に人間と歴史と平和であり、作歌の姿勢に全く揺らぎがなかった。結句の「信じつつ」は、近藤の信念のことではあるが、ここに佐佐木の姿が重なってくる。

近藤が戦後『新しき短歌の規定』で主張したのは、よく知られている、新しい歌は今日有用の歌で「今日この現実に生きている人間自体を、そのままに打ち出しうる歌のこと」として、終生一貫していた。

生前最後となった歌集『岐路』には、二〇〇一年の同時多発テロ以後の「大国の戦争行動」やゲリラ活動を聞きながら「わたしのつくる歌は長くなお今も人間の宿命を背負っていくのかもしれない」と後書に述べる。人間がどう生きるのかを問い、思惟を重ね、時代に流されることなく戦争が無く平和であること。人間の理想とするようなそういう「日本の歴史」を強く希求し、それは近藤にとっても日本にとっても、「大き物語」であった。近藤の危惧した時よりも時代状況はさらに、きな臭くなっていて、近藤の「大き物語」に共感を示す形で佐佐木は自らの歌の思想を伝えているのだ。
一番近刊の佐佐木の特集は、角川「短歌」二〇一二年九月号で、その中の新作「欧羅巴一〇〇首」より引く。

写真に見し一直線の線　路なりビルケナ　ウの風は線路横切る
川底の深さ思えとこの駅はふかーい透明な穴としてある
（「ヴゥー・リヨン駅」）

一首目は、ドイツのアウシュヴィッツ強制収容所である。生から死に繋がる強制収容所内へのまっすぐな引きこみ線によって、戦時下の人間の恐ろしさをつかみ出している。二首目はフランスの駅。長いエレベーターに乗っているときなのか、「ふかーい透明な穴」の怖さ。何も「ヴゥー・リヨン駅」だけではない。現代の陥穽はどこにでもあるのだという声が、歌から聞こえてきそうである。
（「心の花」二〇一三年一月号）

「今が一番いい」
——河野裕子さんへの手紙

河野裕子さんからいただいた葉書は、言葉がほんわかとあたたかく、忘れがたいものばかりです。その中の一枚から少し書き抜きます。

歩けて、食べられて、お話しのできる今が一番いい時だと思って暮しております。亡くなった母が持っていた明るさや元気ややさしさや生気。それをこれからの私は、本当に自分のものとして生きてゆきたいと心から思っております。

この葉書の消印は二〇〇九年二月二日。スタンプは「左京」とあります。
歩くことができて、食べることができて、そしてお話しができればと書いていらっしゃいます。そして、「亡くなった母が持っていた明るさや元気ややさしさや生気」に、女の人がずっと受け継いできた、いのちの強さの源に触れた気がします。

幸せというのは、自分のなかにあることなので、案外わからないものです。なかなか気がつくことではありませんが、普通に過ぎていく日々の重みを思います。「歩けて、食べられて、お話しのできる今が一番いい」という胸に響く言葉は、ほんとうに貴重なことです。

そう言えば、河野裕子さんに私が最後にお目にかかったのは、昨年五月の第二回角川全国短歌大賞の大会の日でした。大会後の会で、ここに座ってと言ってくださったので、お隣に座らせていただきました。そのときのお話の中で「人を育てなくてはね、若い人を育てなくてはね」って、何度も繰り返されたのには驚きました。お豆腐をほんの一口召し上がっただけで、「もういいわ」とおっしゃった状態でしたのに。短歌の先のことを考えていらしたのですね。

以前、河野さんは、私に馬に食わせるぐらいたくさん歌ができるっておっしゃいました。馬に食わせるくらいなんてたいへんなことです。河野さんのいろいろな言葉を、いつでも取り出せるように大切に胸にしまっておきます。では、また手紙を書きます。

（「短歌」二〇一一年八月号）

解説

生というひたむきな時間

——『春の野に鏡を置けば』評

日高堯子

中川佐和子の第五歌集『春の野に鏡を置けば』は、今という生の現場が匂い立ってくる歌集である。忙しく、ひたむきに現在という時間空間を生きる自身の姿と、彼女を包んでいる夫、母、娘と息子などの姿が、思い深く歌いとられている。

　この椅子を船着場としているわれに文字の込み合う紙押し寄せる

　ファックスの十ほど入り放牧の山羊を集めるごとく並べる

　出張の下りの夫と京都より上りのわれの〈ひかり〉と〈ひかり〉

　独り居の母に日本は計画の停電の闇割り振ってくる

一首目は巻頭歌。机辺の椅子を「船着場」ととらえる。だが、そこにも原稿やら本やら資料やらが波のように押し寄せてくる。まさしく情報化時代の物書きの部屋を想像させるが、送られてきたファックスを「放牧の山羊」に喩えているのは面白い。また、夫と自分とが新幹線ですれ違うなど、仕事をもつ現代の夫婦の、日常の中の距離や速度が見えてくる。四首目は震災を歌った一連のもの。歌集には老いてきた母が多く歌われているが、母を歌うときにも社会への問いかけがあるところがこの歌人らしい。

　関心のなさを装う電車内いつから怖くなったのだろう

　失業者三百万余の世の躑躅かなしい気力に紫を噴く

　人体に正しい野菜を作りだす野菜工場よろこぶべきか

　日本の四季の凄さを敗戦後の虚子の調べのな

近づけばほのと明るむ電燈のごとき母居り躑躅咲く家

病や老いや、それぞれ問題を抱える家族を包みこむ、中川の柔軟な視力が印象深い。

（「梧葉新聞」二〇一三年秋号）

かに聴きおり

言葉がつねに社会へ向けて開かれ、直截に問いかける。そしてその問いの中で自身の生の思索が深められる。中川の歌の優れた魅力がそこにあるといっていい。三首目には土を使わない清潔な「野菜工場」が歌われ、土や四季という自然から切り離されていく生活の現在、未来を危惧する。そしてその対極として虚子の調べの中の「四季の凄さ」を確認するのだ。人間の生への視線は真っ直ぐで強い。

そのような社会への視線の基盤に家族という核があるといっていいのだろう。

核家族の核は謎なり爆発をせぬ水それぞれ家族に持たす

手術待つ夫へ手渡す一杯の水はコップに微かに動く

手術室ドアまでついて来てくれて手を振る娘疲れているか

詩歌の森へ

――『春の野に鏡を置けば』評

酒井佐忠

時を重ねる日々の暮らしの中で、作者の身体に宿る詩のこころ。その鋭敏な感覚が、研ぎ澄まされた表現の一首として立ち上がる。そのとき、暮らしの重たさは、背後に遠ざかっていく。

中川佐和子の新刊歌集は、『春の野に鏡を置けば』（ながらみ書房・2625円）である。〈春の野に鏡を置けば古き代の馬の脚など映りておらん〉。集名にとられたこの一首は、美的なセンスにあふれている。私が若いころに熱愛した横光利一の名編『春は馬車に乗って』を思い起こす。古代の馬でも、決して軍馬ではない。永遠の地をかけめぐる躍動するものの象徴としての「馬の脚」。繁忙の日々に追われる歌人は、ふと「脚」の輝きを欲したのだ。

〈電車待つときに無が来る降りかかる桜の花の中にいたれば〉。「鏡」の歌の次に置かれたこの一首も、飛花を受けながら電車を待つという日常的な行為のさなかに感じる「無」について考える。ここではないどこかへの憧れが見えてくる。〈トランプのクイーンが朝の路上にてわずかに光る意味あるごとく〉。ここでも作者は、おそらく仕事で駅に向かう時間の中に、あふれ出るような詩ごころを発揮す。「クイーン」の光はどこへ行ったのか。

〈横浜の埠頭にまわる大風車眠らぬものは涼しげに佇つ〉。作者が住む横浜の光景の歌も、また、〈鵯の海峡わたる力いま母に湧けよと歩みを支う〉のような老母への介護の歌も、しっかりとした写生の目が美的光景を支えている。約5年間の作品を収めた第5歌集。詩型にかける意気込みも伝わる。

（「毎日新聞」二〇一三年九月二日）

緩やかに繋がる家族

――『春の野に鏡を置けば』評

松村正直

駅前に帰りを待てる自転車に声をかけつつ群れより出だす

レオナルド・ダヴィンチ、シーザー、ラバグルト咲かねば薔薇の名札見てゆく

作者の歌は一首一首に工夫があり、読んでいて楽しい。一首目は駅前の駐輪場から自分の自転車を出す場面。自転車をモノではなく、まるで生きもののように詠んでいるところが面白い。二首目は最初、歴史上の人物の話かと思って読んでいくと、実は薔薇園にならぶ薔薇の品種のことだとわかる仕掛けだ。

身体に二百六十も骨あるはその奥のこころ柔らかきゆえ

獅子唐をほどよく茹でる、ほどよくはあるとき人の心を刺せり

心に関して詠まれたこんな歌も印象に残った。一首目はまず「二百六十」という具体的な数に驚く。そんなたくさんの骨に守られている心。二首目は「ほどよく」が良いことばかりではなく、時に人を傷つけることもあるという真理を突いている。

ひさびさに寮から戻りてくる息子見覚えのある耳たぶをして

翻る緑の朝にためらわず娘は自転車のわれを追い越す

近づけばほのと明るむ電燈のごとき母居り躑躅咲く家

手術待つ夫へ手渡す一杯の水はコップに微かに動く

家族を詠んだ歌が多いこともこの歌集の特徴と言

っていい。工場で働く息子、薬局で働く娘、一人暮らしを続ける母、そして夫。それぞれが一見ばらばらなようでいて、穏やかに家族として繋がっている。歌集の後半には東日本大震災の歌が出てくる。震災を経て、こうした家族の繋がりは、さらに大切に感じられるようになったことだろう。

（「現代短歌新聞」平成二五年一一月号）

求めつづける心

――『花桃の木だから』評

今野寿美

満たされていないから望むというのでなく、幻を追うのでもない。明確でないにしても、たしかに遠望する先にあるものに目を向けつづける。それもひたすら。表立てずに。そんな印象がある。

子はそれぞれ独立。娘に新しい命が宿り、はぐくまれているところで歌集は終わっている。それだけ平穏な夫婦二人の暮らしが、まずは描写の中心といえるだろう。

夫は、自由な時間を得るようになって、世間にはよくあることだけれど家事音痴ぶりを発揮。一方、妻はなお勤務先や講座に急ぐ身である。のみならず原稿の締め切りをこなし、高齢の母をいたわり、子らの家庭のフォローも欠かせない。

となれば、夫と妻の日常は心理的なちぐはぐをはらんで絡む事態となるが、そのあたりがいくぶんコミカルに伝わるところがいい。

新しい息子と古い息子来てわが家の卓に皿があふれる

娘の結婚相手を「新しい息子」と心得るのは自然なことかもしれないが、その勢いで息子に「古い」をつけるとすれば、おそらく創作のなかだけのことだろう。何か平然、という感じまでまつわっている。

母が何かいまだわからぬままなれどわが母の幹のつよさ見ており

母に向ける視線はあくまでもしっとりと優しい。ときに敬意に近い心が感じられ、それは純粋に幸せな色合いを添えているようだ。この歌につづくのが歌集題となった一首なのである。

語り手の心はあくまで落ち着いていて、いたく真摯。その奥にたえず望みつづけているものを抱いているからこそ保てる静かさなのだと思う。

馬車道の瓦斯灯のともるころだからメールが届くさみしいひとだ

他者の心を察知して据える結びの七音に、つくづく納得してしまった。

（「現代短歌新聞」平成二九年一〇月号）

幸福を詠うということ
――『花桃の木だから』評

川野里子

懐かしいという感情はさまざまな意味を含み持つ言葉だが、この歌集はじつに素直にこの言葉を呼び覚ます。

玄関でおかあさんとわれを呼ぶ給食袋を忘れたように
ドアのまえ秘書が社長を待つに似る電子レンジの前にわが夫
発色のよき青空だこの下をわれがつまらないコート着て過ぐ

結婚して家を出て行く娘の声、ふとした夫の姿、そして風景の中の自ら。どれもが温かさを感じさせ、命の健やかさを感じさせる。子供が育ち結婚し孫を待つというかつて自然だと思われた営みは、今日、濁流のなかの中州のように危うい。だが中川の世界は不思議なほどに穏やかで、まるで一本の樹が育ち結実し時間を継ぎながら生きゆく自然さそのもののように家族やその日常が詠まれる。それはおそらく、中川がそもそも持つ幸福への感受性の高さによるだろう。

トラックの荷台いっぱい花満ちて言葉にすれば如何なるよろこび
ああなんて美しいのか切りてゆく扇の形の春の玉葱

これらの事物が宿す生命感と幸福の感触。世界の小さな断面にこのような輝きを感受できるということが中川の資質であろう。その目で見渡す未来への時間がいっそう暖かく豊かな予感に満ちている。

怒るとき嬉しいときもふたりして働くよき手

をもちておるべし

花桃の木だから母をわれへ子へ次へ百年(ももとせ)継ぎてゆくべし

新しい家庭をもつ娘への祈りを込めた言葉、そして自らを花桃の木とする一首。百年を体温の通う時間としてイメージする幸福力が心に残る。

（「うた新聞」二〇一九年一二月一〇日）

忍耐や日々犠牲への眼差し

――『花桃の木だから』評

長澤ちづ

著者の第六歌集。時代の危ういうねりは否応なく個人の暮しや生き方にも影響を与え、また家族の形も時の流れと共に変化してゆく。そんな状況下なればこそ日々の思いを歌に止めんとする姿勢が凛と伝わる。

外壁に巨大映像流れおる渋谷のビルがぬわっとたてり

急速に変容する都会の不気味さが「ぬわっと」に実感として迫りくる。

選びとる靴見ておれば人の生(よ)を覗くがごとき心地のしたり

強い意志を表す初句により、単なる靴売場の光景が、人の来し方や未来にまで思い至らせる場となる。

　その前に椅子の置かれている意味を想うであ
　ろう「沖縄戦の図」

沖縄の佐喜眞美術館が常設する、丸木夫妻が描いた「沖縄戦の図」。その絵の前の丸椅子は戦争の悲惨を確と見届けよの意志をもってそこに在る。

　何もかも小さい母がかごさげて見え隠れせり
　百円ショップ

百円ショップという雑多な日常品の中に母の存在が光る。母のさげる「かご」がはかなげで愛（いと）おしさに溢れる。

　紙という紙を騒がせ扇風機貴人（あてびと）のごと仕事場
　に立つ
　家族など遊覧船よ今見える景色楽しむ他には
　あらず
　蔀戸（しとみど）を閉ざすごとくにパソコンを打つ青年は
　昼の車内に

紙を飛ばして人を慌てさせる扇風機、紙の白さと貴人の肌の色とが呼応するかのよう。次は娘の結婚式での感慨。子を手放す親の究極の思い。自分の世界にこもりきる青年のまとう空気をとらえる三首目。何れも卓越した喩だ。

集名は次の二首からとられている。

　母が何かいまだわからぬままなれどわが母の
　幹のつよさ見ており
　花桃の木だから母をわれへ子へ次へ百年（ももとせ）継ぎ
　てゆくべし

子を産み育てまたその子が母になって命をつない

でゆくことの意味を問おうとする。病弱な高齢の母の一人暮らしをサポートする日常や、出産を控えた娘を見守りながらその思いは深まっていったに違いない。答を見出した訳ではないが、身を律して生きて来た母たちの世代が引き継いできた精神、戦後の時代が軽んじて来た忍耐や自己犠牲といった精神への眼差しを感じる。母という存在とは何かと真摯に問いかけるしなやかな強さを秘めた一巻である。

（「短歌」二〇一八年一月）

中川佐和子略年譜

一九五四年（昭和二九年）
十一月五日、兵庫県西宮市に生まれる。後に芦屋に転居して海辺で育つ。芦屋精道小学校を卒業し、甲南中学校在学中に父の転勤により東京都世田谷区に転居。近くに祖父母の家があり、祖母と叔母が会員であった短歌誌「女人短歌」を読む。

一九七六年（昭和五一年）
横浜市に転居。

一九七七年（昭和五二年）
早稲田大学第一文学部日本文学科卒。のちに、国文社の現代歌人文庫の河野愛子の歌に出合って二十代半ばに歌を作りはじめる。

一九八一年（昭和五六年）
二月、中川博文と結婚。

一九八二年（昭和五七年）
二月、長女貴子生まれる。

一九八四年（昭和五九年）
河野愛子の勧めにより初夏に「未来」入会、師事。七月、長男恵介生まれる。
河野の「ｅｙｅの会」、「未来」千葉歌会、東京歌会へ参加。

一九八九年（平成元年）
中国天安門事件の歌にて近藤芳美選朝日歌壇賞受賞。
八月九日、河野愛子死去。

一九九二年（平成四年）
「夏木立」五十首により第三八回角川短歌賞受賞。

一九九三年（平成五年）
七月、第一歌集『海に向く椅子』（角川書店）刊行。「清新の会」、「横浜清新の会」、「アラッジンの会」と名をかえて九八年まで続いた岡井隆の歌会に参加。

一九九五年（平成七年）
「未来」編集委員になる。

六月四日、父死去。

一九九九年（平成十一年）

五月、評論集『河野愛子論』（砂子屋書房）刊行。

十一月、第二歌集『卓上の時間』（角川書店）刊行。

二〇〇〇年（平成十二年）

『河野愛子論』により第十回河野愛子賞受賞。

二〇〇三年（平成十五年）

ＮＨＫ学園短歌講座講師になる。

十一月、第三歌集『朱砂色の歳月』（砂子屋書房）刊行。

二〇〇四年（平成十六年）

七月、『中川佐和子集』（邑書林セレクション歌人22）刊行。

二〇〇六年（平成十八年）

六月二一日、近藤芳美死去。

二〇〇七年（平成十九年）

九月、第四歌集『霧笛橋』（角川書店）刊行。

二〇〇八年（平成二十年）

ＮＨＫ学園短歌講座専任講師になる。

二〇一〇年（平成二二年）

一月、現代短歌文庫『中川佐和子歌集』（砂子屋書房）刊行。

二〇一三年（平成二五年）

八月、第五歌集『春の野に鏡を置けば』（ながらみ書房）刊行。

二〇一四年（平成二六年）

「未来」選者になる。

『春の野に鏡を置けば』により第二十二回ながらみ書房出版賞受賞。

二〇一六年（平成二八年）

入門書『初心者にやさしい　短歌の練習帳』（池田書店）。

二〇一七年（平成二九年）

七月、第六歌集『花桃の木だから』（角川書店）刊行。

二〇一八年（平成三十年）

『花桃の木だから』により第三七回神奈川県歌人会優良歌集賞受賞。

続 中川佐和子歌集　現代短歌文庫第148回配本

2020年2月27日　初版発行

著者　中川佐和子
発行者　田村雅之
発行所　砂子屋書房
〒101-0047 東京都千代田区内神田3-4-7
電話 03−3256−4708
Fax 03−3256−4707
振替 00130−2−97631
http://www.sunagoya.com

装幀・三嶋典東

現代短歌文庫

（　）は解説文の筆者

①三枝浩樹歌集
『朝の歌』全篇

②佐藤通雅歌集（細井剛）
『薄明の谷』全篇

③高野公彦歌集（河野裕子・坂井修一）
『汽水の光』全篇

④三枝昻之歌集（山中智恵子・小高賢）
『水の覇権』全篇

⑤阿木津英歌集（笠原伸夫・岡井隆）
『紫木蓮まで・風舌』全篇

⑥伊藤一彦歌集（塚本邦雄・岩田正）
『瞑鳥記』全篇

⑦小池光歌集（大辻隆弘・川野里子）
『バルサの翼』『廃駅』全篇

⑧石田比呂志歌集（玉城徹・岡井隆他）
『無用の歌』全篇

⑨永田和宏歌集（高安国世・吉川宏志）
『メビウスの地平』全篇

⑩河野裕子歌集（馬場あき子・坪内稔典他）
『森のやうに獣のやうに』『ひるがほ』全篇

⑪大島史洋歌集（田中佳宏・岡井隆）
『藍を走るべし』全篇

⑫雨宮雅子歌集（春日井建・田村雅之他）
『悲神』全篇

⑬稲葉京子歌集（松永伍一・水原紫苑）
『ガラスの檻』全篇

⑭時田則雄歌集（大金義昭・大塚陽子）
『北方論』全篇

⑮蒔田さくら子歌集（後藤直二・中地俊夫）
『森見ゆる窓』全篇

⑯大塚陽子歌集（伊藤一彦・菱川善夫）
『遠花火』『酔芙蓉』全篇

⑰百々登美子歌集（桶谷秀昭・原田禹雄）
『盲目木馬』全篇

⑱岡井隆歌集（加藤治郎・山田富士郎他）
『鵞卵亭』『人生の視える場所』全篇

⑲玉井清弘歌集（小高賢）
『久露』全篇

⑳小高賢歌集（馬場あき子・日高堯子他）
『耳の伝説』『家長』全篇

㉑佐竹彌生歌集（安永蕗子・馬場あき子他）
『天の螢』全篇

㉒太田一郎歌集（いいだもも・佐伯裕子他）
『墳』『蝕』『獵』全篇

現代短歌文庫

（　）は解説文の筆者

㉓春日真木子歌集（北沢郁子・田井安曇他）
『野菜涅槃図』全篇

㉔道浦母都子歌集（大原富枝・岡井隆）
『無援の抒情』『水憂』『ゆうすげ』全篇

㉕山中智恵子歌集（吉本隆明・塚本邦雄他）
『夢之記』全篇

㉖久々湊盈子歌集（小島ゆかり・樋口覚他）
『黒鍵』全篇

㉗藤原龍一郎歌集（小池光・三枝昂之他）
『夢みる頃を過ぎても』『東京哀傷歌』全篇

㉘花山多佳子歌集（永田和宏・小池光他）
『樹の下の椅子』『楕円の実』全篇

㉙佐伯裕子歌集（阿木津英・三枝昂之他）
『未完の手紙』全篇

㉚島田修三歌集（筒井康隆・塚本邦雄他）
『晴朗悲歌集』全篇

㉛河野愛子歌集（近藤芳美・中川佐和子他）
『黒羅』『夜は流れる』『光ある中に』（抄）他

㉜松坂弘歌集（塚本邦雄・由良琢郎他）
『春の雷鳴』全篇

㉝日高堯子歌集（佐伯裕子・玉井清弘他）
『野の扉』全篇

㉞沖なも歌集（山下雅人・玉城徹他）
『衣裳哲学』『機知の足首』全篇

㉟続・小池光歌集（河野美砂子・小澤正邦）
『日々の思い出』『草の庭』全篇

㊱続・伊藤一彦歌集（築地正子・渡辺松男）
『青の風土記』『海号の歌』全篇

㊲北沢郁子歌集（森山晴美・富小路禎子）
『その人を知らず』を含む十五歌集抄

㊳栗木京子歌集（馬場あき子・永田和宏他）
『水惑星』『中庭』全篇

㊴外塚喬歌集（吉野昌夫・今井恵子他）
『喬木』全篇

㊵今野寿美歌集（藤井貞和・久々湊盈子他）
『世紀末の桃』全篇

㊶来嶋靖生歌集（篠弘・志垣澄幸他）
『笛』『雷』全篇

㊷三井修歌集（池田はるみ・沢口芙美他）
『砂の詩学』全篇

㊸田井安曇歌集（清水房雄・村永大和他）
『木や旗や魚らの夜に歌った歌』全篇

㊹森山晴美歌集（島田修二・水野昌雄他）
『グレコの唄』全篇

現代短歌文庫

㊺上野久雄歌集（吉川宏志・山田富士郎他）
『夕鮎』抄、『バラ園と鼻』抄他

㊻山本かね子歌集（蒔田さくら子・久々湊盈子他）
『ものどらま』を含む九歌集抄

㊼松平盟子歌集（米川千嘉子・坪内稔典他）
『青夜』『シュガー』全篇

㊽大辻隆弘歌集（小林久美子・中山明他）
『水廊』『抱擁韻』全篇

㊾秋山佐和子歌集（外塚喬・一ノ関忠人他）
『羊皮紙の花』全篇

㊿西勝洋一歌集（藤原龍一郎・大塚陽子他）
『コクトーの声』全篇

(51)青井史歌集（小高賢・玉井清弘他）
『月の食卓』全篇

(52)加藤治郎歌集（永田和宏・米川千嘉子他）
『昏睡のパラダイス』『ハレアカラ』全篇

(53)秋葉四郎歌集（今西幹一・香川哲三）
『極光―オーロラ』全篇

(54)奥村晃作歌集（穂村弘・小池光他）
『鴇色の足』全篇

(55)春日井建歌集（佐佐木幸綱・浅井愼平他）
『友の書』全篇

（　）は解説文の筆者

(56)小中英之歌集（岡井隆・山中智恵子他）
『わがからんどりえ』『翼鏡』全篇

(57)山田富士郎歌集（島田幸典・小池光他）
『アビー・ロードを夢みて』『羚羊譚』全篇

(58)続・永田和宏歌集（岡井隆・河野裕子他）
『華氏』『饗庭』全篇

(59)坂井修一歌集（伊藤一彦・谷岡亜紀他）
『群青層』『スピリチュアル』全篇

(60)尾崎左永子歌集（伊藤一彦・栗木京子他）
『彩紅帖』全篇『さるびあ街』（抄）他

(61)続・尾崎左永子歌集（篠弘・大辻隆弘他）
『春雪ふたたび』『星座空間』全篇

(62)続・花山多佳子歌集（なみの亜子）
『草舟』『空合』全篇

(63)山埜井喜美枝歌集（菱川善夫・花山多佳子他）
『はらりさん』全篇

(64)久我田鶴子歌集（高野公彦・小守有里他）
『転生前夜』全篇

(65)続々・小池光歌集
『時のめぐりに』『滴滴集』全篇

(66)田谷鋭歌集（安立スハル・宮英子他）
『水晶の座』全篇

現代短歌文庫

（　）は解説文の筆者

(67)今井恵子歌集（佐伯裕子・内藤明他）
『分散和音』全篇

(68)続・時田則雄歌集（栗木京子・大金義昭）
『夢のつづき』『ペルシュロン』全篇

(69)辺見じゅん歌集（馬場あき子・飯田龍太他）
『水祭りの桟橋』『闇の祝祭』全篇

(70)続・河野裕子歌集
『家』全篇、『体力』『歩く』抄

(71)続・石田比呂志歌集
『孑孑』『忘八』『涙壺』『老猿』『春灯』抄

(72)志垣澄幸歌集（佐藤通雅・佐佐木幸綱）
『空壜のある風景』全篇

(73)古谷智子歌集（来嶋靖生・小高賢他）
『神の痛みの神学のオブリガード』全篇

(74)大河原惇行歌集（田井安曇・玉城徹他）
未刊歌集『昼の花火』全篇

(75)前川緑歌集（保田與重郎）
『みどり抄』全篇、『麥穂』抄

(76)小柳素子歌集（来嶋靖生・小高賢他）
『獅子の眼』全篇

(77)浜名理香歌集（小池光・河野裕子）
『月兎』全篇

(78)五所美子歌集（北尾勲・島田幸典他）
『天姥』全篇

(79)沢口芙美歌集（武川忠一・鈴木竹志他）
『フェベ』全篇

(80)中川佐和子歌集（内藤明・藤原龍一郎他）
『霧笛橋』全篇

(81)斎藤すみ子歌集（菱川善夫・今野寿美他）
『遊楽』全篇

(82)長澤ちづ歌集（大島史洋・須藤若江他）
『海の角笛』全篇

(83)池本一郎歌集（森山晴美・花山多佳子）
『未明の翼』全篇

(84)小林幸子歌集（小中英之・小池光他）
『枇杷のひかり』全篇

(85)佐波洋子歌集（馬場あき子・小池光他）
『光をわけて』全篇

(86)続・三枝浩樹歌集（雨宮雅子・里見佳保他）
『みどりの揺籃』『歩行者』全篇

(87)続・久々湊盈子歌集（小林幸子・吉川宏志他）
『あらばしり』『鬼龍子』全篇

(88)千々和久幸歌集（山本哲也・後藤直二他）
『火時計』全篇

現代短歌文庫

（　）は解説文の筆者

⑧⑨田村広志歌集（渡辺幸一・前登志夫他）
『島山』全篇

⑨⓪入野早代子歌集（春日井建・栗木京子他）
『花凪』全篇

⑨①米川千嘉子歌集（日高堯子・川野里子他）
『夏空の櫂』『一夏』全篇

⑨②続・米川千嘉子歌集（栗木京子・馬場あき子他）
『たましひに着る服なくて』『一葉の井戸』全篇

⑨③桑原正紀歌集（吉川宏志・木畑紀子他）
『妻へ。千年待たむ』全篇

⑨④稲葉峯子歌集（岡井隆・美濃和哥他）
『杉並まで』全篇

⑨⑤松平修文歌集（小池光・加藤英彦他）
『水村』全篇

⑨⑥米口實歌集（大辻隆弘・中津昌子他）
『ソシュールの春』全篇

⑨⑦落合けい子歌集（栗木京子・香川ヒサ他）
『じゃがいもの歌』全篇

⑨⑧上村典子歌集（武川忠一・小池光他）
『草上のカヌー』全篇

⑨⑨三井ゆき歌集（山田富士郎・遠山景一他）
『能登往還』全篇

⑩⓪佐佐木幸綱歌集（伊藤一彦・谷岡亜紀他）
『アニマ』全篇

⑩①西村美佐子歌集（坂野信彦・黒瀬珂瀾他）
『猫の舌』全篇

⑩②綾部光芳歌集（小池光・大西民子他）
『水晶の馬』『希望園』全篇

⑩③金子貞雄歌集（津川洋三・大河原惇行他）
『邑城の歌が聞こえる』全篇

⑩④続・藤原龍一郎歌集（栗木京子・香川ヒサ他）
『嘆きの花園』『19××』全篇

⑩⑤遠役らく子歌集（中野菊夫・水野昌雄他）
『白馬』全篇

⑩⑥小黒世茂歌集（山中智恵子・古橋信孝他）
『猿女』全篇

⑩⑦光本恵子歌集（疋田和男・水野昌雄）
『薄氷』全篇

⑩⑧雁部貞夫歌集（堺桜子・本多稜）
『崑崙行』抄

⑩⑨中根誠歌集（来嶋靖生・大島史洋雄他）
『境界』全篇

⑪⓪小島ゆかり歌集（山下雅人・坂井修一他）
『希望』全篇

現代短歌文庫

（　）は解説文の筆者

⑪木村雅子歌集（来嶋靖生・小島ゆかり他）
『星のかけら』全篇
⑫藤井常世歌集（菱川善夫・森山晴美他）
『氷の貌』全篇
⑬続々・河野裕子歌集
『季の栞』『庭』全篇
⑭大野道夫歌集（佐佐木幸綱・田中綾他）
『春吾秋蟬』全篇
⑮池田はるみ歌集（岡井隆・林和清他）
『妣が国大阪』全篇
⑯続・三井修歌集（中津昌子・柳宣宏他）
『風紋の島』全篇
⑰王紅花歌集（福島泰樹・加藤英彦他）
『夏暦』全篇
⑱春日いづみ歌集（三枝昂之・栗木京子他）
『アダムの肌色』全篇
⑲桜井登世子歌集（小高賢・小池光他）
『夏の落葉』全篇
⑳小見山輝歌集（山田富士郎・渡辺護他）
『春傷歌』全篇
㉑源陽子歌集（小池光・黒木三千代他）
『透過光線』全篇
㉒中野昭子歌集（花山多佳子・香川ヒサ他）
『草の海』全篇
㉓有沢螢歌集（小池光・斉藤斎藤他）
『ありすの杜へ』全篇
㉔森岡貞香歌集
『白蛾』『珊瑚數珠』『百乳文』全篇
㉕桜川冴子歌集（小島ゆかり・栗木京子他）
『月人壮子』全篇
㉖柴田典昭歌集（小笠原和幸・井野佐登他）
『樹下逍遙』全篇
㉗続・森岡貞香歌集
『黛樹』『夏至』『敷妙』全篇
㉘角倉羊子歌集（小池光・小島ゆかり）
『テレマンの笛』全篇
㉙前川佐重郎歌集（喜多弘樹・松平修文他）
『彗星紀』全篇
㉚続・坂井修一歌集（栗木京子・内藤明他）
『ラビュリントスの日々』『ジャックの種子』全篇
㉛新選・小池光歌集
『静物』『山鳩集』全篇
㉜尾崎まゆみ歌集（馬場あき子・岡井隆他）
『微熱海域』『真珠鎖骨』全篇

現代短歌文庫

（　）は解説文の筆者

⑬③続々・花山多佳子歌集（小池光・澤村斉美）
『春疾風』『木香薔薇』全篇
⑬④続・春日真木子歌集（渡辺松男・三枝昂之他）
『水の夢』全篇
⑬⑤吉川宏志歌集（小池光・永田和宏他）
『夜光』『海雨』全篇
⑬⑥岩田記未子歌集（安田章生・長沢美津他）
『日月の譜』を含む七歌集抄
⑬⑦糸川雅子歌集（武川忠一・内藤明他）
『水螢』全篇
⑬⑧梶原さい子歌集（清水哲男・花山多佳子他）
『リアス／椿』全篇
⑬⑨前田康子歌集（河野裕子・松村由利子他）
『色水』全篇
⑭⓪内藤明歌集（坂井修一・山田富士郎他）
『海界の雲』『斧と勾玉』全篇
⑭①続・内藤明歌集（島田修三・三枝浩樹他）
『夾竹桃と葱坊主』『虚空の橋』全篇
⑭②小川佳世子歌集（岡井隆・大口玲子他）
『ゆきふる』全篇
⑭③髙橋みずほ歌集（針生一郎・東郷雄二他）
『フルヘッヘンド』全篇
⑭④恒成美代子歌集（大辻隆弘・久々湊盈子他）
『ひかり凪』全篇
⑭⑤続・道浦母都子歌集（新海あぐり）
『風の婚』全篇
⑭⑥小西久二郎歌集（香川進・玉城徹他）
『湖に墓標を』全篇
⑭⑦林和清歌集（岩尾淳子・大森静佳他）
『木に縁りて魚を求めよ』全篇

（以下続刊）

水原紫苑歌集　　篠弘歌集
馬場あき子歌集　　黒木三千代歌集
石井辰彦歌集